서른에는
좋아하는
곳으로 가자

서른에는 좋아하는 곳으로 가자

스위스에서 홍콩까지,
소설가가 되어 떠난 12개국 세계여행기

초 판 1쇄 2025년 12월 04일

지은이 곽민주
펴낸이 류종렬

펴낸곳 미다스북스
본부장 임종익
편집장 이다경, 김가영
디자인 윤가희, 임인영
책임진행 김은진, 이예나, 김요섭, 안채원, 국소리

등록 2001년 3월 21일 제2001-000040호
주소 서울시 마포구 양화로 133 서교타워 711호
전화 02) 322-7802~3
팩스 02) 6007-1845
블로그 http://blog.naver.com/midasbooks
전자주소 midasbooks@hanmail.net
페이스북 https://www.facebook.com/midasbooks425
인스타그램 https://www.instagram.com/midasbooks

ISBN 979-11-7355-605-0 03810

값 18,500원

🐂 미다스북스는 다음세대에게 필요한 지혜와 교양을 생각합니다.

서른에는
좋아하는
곳으로 가자 곽인주

스위스에서 홍콩까지,
소설가가 되어 떠난
12개국 세계여행기

미다스북스

목차

(PART 1) **좋은 곳에 가고 싶어요**

1. 허공을 걷디는 기분	009
2. 읽을 수 없는 지도	018
3. 돈 크라이 베이비	029
4. 죽어가던 나를 살게 만들었던	043
5. 너는 더 여행해야 해	055

(PART 2) **이렇게 떠나도 될까?**

6. 가려진 운을 지났더니 새로운 세계가 있었다	069
7. 두 번, 아니 그 이상도 문제없어!	075
8. 저물기 위해 뜨는 도시	083
9. 특별하지 않아도 괜찮잖아?	089
10. 그림을 받아들이는 시각, 사람을 이해하는 시간	094

PART 3   내가 되는 꿈

11. 모르는 세계로 가는 일 103

12. 이 세계의 끝까지 가 보자 110

13. 이해하다 보면, 사랑하게 되어 버려 121

14. 이면의 시간 127

15. 사랑은 밤에 피어나거든요 137

PART 4   좋아하는 곳으로 가자

16. 함께할 틈을 만든다는 것, 동행 145

17. 산타 마리아 노벨라 성당 앞에서 엉엉 울어버렸다 155

18. 나는 지금 여기, 혼자 서 있어! 163

19. 서울입니다, 출근 언제부터 가능한가요? 172

20. 한국에 돌아가서는 울지 마 180

작가의 말 196

PART 1

좋은 곳에 가고 싶어요

허공을 견디는 기분. 그때 나는 허공에 서 있었고,

그 허공을 어떻게든 견뎌야 했다.

그다음은 생각하지 않았다. 견디기. 앞으로 나아가기.

비행기는 허공을 가르고 날아가지 않던가.

1. 허공을 견디는 기분

스물아홉에 처음으로 떠났던 여행지는 부산이었다. 왜 부산에 갔느냐고 묻는다면, 소원을 빌기 위해서였다. 몇 년 전에 동생과 함께 방문했던 부산의 용궁사에서 나는 신춘문예 당선이 아니라 문학을 진심으로 즐길 수 있는 사람이 되게 해달라고 빌었다. 용궁사는 소원 한 가지는 반드시 이뤄지게 해주는 곳으로 유명하다. 종교는 없지만 그런 곳에 가면 소원 잎사귀 하나쯤은 달고 와야 하는 것이 아닌가. 벌써 몇 년이 지났는데 두고두고 나는 사람들에게 그 이야기를 한다. 용궁사는 정말로 소원을 이뤄주는 곳이라고. 내가 증인이라고. 신춘문예에 당선이 된 건, 다 용궁사 덕분이라고. 그래서 또 소원을 빌고 싶었나보다. 사람들에게는 사랑을 빌고 왔다고 둘러댔지만 실은 그게 아니었다. 내 소원은 언제나 막연했다. 좋은 곳에 가고 싶어요. 그것이 두 번째로 내가 빌었던 소원이었다.

사람들에게는 처음으로 빌었던 소원이 신춘문예 당선이었다고 말했지만 그건 다 거짓말이다. 당시, 공모전 같은 건 이제 아무래도 상관없다고 생각하고 있었다. 10년 넘게 소설을 쓰다 최종심에 오르기를 여러 번. 그쯤 되니 정말로 소설을 그만두고 싶었다. 인생을 잘못 살아가고 있는 것만 같았다. 스물아홉이 지나갈 때까지 연애도 해 본 적이 없고, 친구 관계도 서서히 소홀해져 가고 있었으니 말이다. 나를 제대로 돌보지 않았다고 생각했다. 회사에 다니는 것 외엔 오직 글쓰기만 했으니까. 다른 건 아무것도 하지 않았다. 나의 20대가 그랬다. 누군가 내게 20대에 무엇을 하며 보냈느냐고 묻는다면 할 말이 없다. 성과를 낸 것이 없기 때문이다. 아마도 긴 시간이 지난 후에 20대의 나는 아무것도 하지 않은 사람으로 기억되지 않을까? 그렇게 시간을 보낸 것을 종종 후회하곤 한다. 얻은 것도 있었지만 잃은 것도 인생에서 소중한 가치였기 때문이다. 그래서 그만두고 싶었다. 외롭게 나를 내버려두고 싶지 않았으니까. 나

서른에는 좋아하는 곳으로 가자

는 인정하기로 했다. 소설과는 더 이상 인연이 없는 것 같다고. 내가 잘하는데 나를 알아봐 주지 못한다고 생각했던 적은 단 한 번도 없었다.

무언가를 전문적으로 오래 배우다 보면 누구보다 스스로의 노력에 대해, 실력에 대해 정직하게 알게 된다. 나는 이제 소설을 열심히 쓰는 사람이 아니다. 재능이 있었던 편도 아니다. 그래서 질책도, 경험도, 배움도 더 필요하다고 생각한다. 20대에 내가 신춘문예에 당선이 된 것은 여러 운이 따라주어서라고 생각한다. 그러니까 정말 누구도 예상하지 못했던 당선 결과는 보이지 않는 어떤 운명의 격려가 아니었을까.

고등학교 1학년 때부터 소설을 쓰기 시작했다. 운이 좋게 원하는 학교, 원하는 전공에 한 번에 통과할 수 있었다. 더할 나위 없는 즐거운 학과 생활을 보냈다. 물론, 사람들보다는 책과 더 친했다. 학교에 다니는 내내 선후배나 동기들과 어울리기보단 글을 쓰고 읽기만 했다. 존재감 없던 13학번 그 애. 다들 나를 기억이나 할까? 사람들과 교류할 기회는 여러 번 있었는데 그때에는 왠지 한눈팔지 말고 글만 써야 할 것 같았다. 그래야만 내 인생이 바뀔 수 있을 것 같았다. 스물에서 스물한 살로 넘어가던 겨울. 나는 내가 멋모르고 선택한 전공, 그리고 꿈꾸는 직업에 대한 책임을 조금 체감하고 있었다. 물론 4년 동안 이렇다 할 결과는 내지 못했다. 판단력이 좋아서 3학년이 되었을 때 취업 준비에 온 힘을 쏟았다. 그때 깨달은 사실이 하나 있는데, 첫째는 돈이 세상에서 가장 무서운 존재라는 거였고, 두 번째는 책 한 권 쓰기보다 책 한 권을 통째로 외우는 게 더 쉽다는 거다. 그리고 책을 외워서 돈을 버는 게 실제로 더 쉽기도 했다. 4학년 2학기를 마치자마자 졸업식이 열리기 전에 취업이 되었으니 그전까지 정말 정직하게 글만 썼다.

"좋은 곳에 가고 싶어요."

신춘문예 당선 소식을 들은 지 얼마 되지 않은 무렵, 다양한 분야의 사람들과 자유롭게 이야기를 나눌 기회가 있었다. 그 자리에서 나는 거의 막내뻘이었고, 대부분 자신의 분야에서 열심히 커리어를 쌓아가고 있었다. 분야는 달랐지만 우리의 대화는 그래서 결국 최종 목표가 무엇인지로 귀결됐다. 그때 나는 좋은 곳에 가고 싶다고 답했다. 가급적이면 최고가 되고 싶다고. 가장 높은 곳에 올라가 보고 싶다고. 나는 실력이 없어도 노력으로 무엇이든 가질 수 있을 거라고 믿고 있었던 것 같다. 그때 나와 마주 보고 앉은 선배가 내게 해준 이야기가 아직도 잊히지 않는다.

"민주 씨는 결국, 허공을 걷겠다는 거군요. 그건 불가능에 가까운 일일 텐데."

허공을 걷는 기분이란 어떤 걸까. 공중에 발을 딛고 서 있는 그 기분이란 얼마나 멋진 일일까 그 당시에 나는 생각했던 것 같다. 구체적인 근거 없이 허공을 걷는 일은 언제 추락할지 모르는 아슬아슬한 상태일 수도 있다는 걸, 나는 조금 더 시간이 흘러 오사카에 도착해서야 알게 되었다.

퇴사를 하던 무렵엔 내가 지금껏 열심히 쌓아왔던 모든 것이 와르르 무너져 버린 것만 같았다. 높은 곳에 올라간

건 아니었지만 발을 딛고 있던 땅이 무너지니 결국 허공에 서 있게 된 것이다. 아무런 대비 없이 공중 걷기를 하는데 추락하지 않을 사람이 어디 있을까. 그때 내게 민주 씨는 조금 더 넓은 시각을 가질 필요가 있다던 선배의 충고는 적중했다. 나는 항상 목표물을 정해두면 그것밖에 보이지 않았기 때문이다. 오사카에 가게 된 것은 그 선배 때문이었다. 우메다의 '공중정원'을 가 보고 싶었다. 그것 외에 다른 계획은 아무것도 없었다.

비행기 티켓과 숙소만 예약해 두고 떠났던 오사카는 내게 온통 신기한 것투성이였다. 이른 아침 항공편을 예매한 탓에 전날 늦은 시각에 공항에 도착했다. 혼자서 떠나는 첫 해외여행. 그 밤에 문을 닫은 공항의 풍경마저도 신기해 밤새 공항을 돌아다녔는데도 피곤한 줄을 몰랐다. 터미널의 끝에서 끝을 왔다 갔다 하기를 여러 번, 한창 새벽이 깊어갈 때쯤 졸음이 몰려왔다. 그때까지만 해도 게이트 번호도 뜨지 않았는데 출국장을 먼저 들어간 것이다. 어딘지도 모를 게이트 한구석에 배낭을 베고 누워 천장을 바라보았다.

서른에는 좋아하는 곳으로 가자

오사카에 오기 일주일 전까지도 되도록 서울에 있고 싶지 않은 마음에 목적지를 정해두지 않고 지방으로 여행을 다녔다. 정신없이 시간이 흘렀다. 나는 감긴 태엽을 풀어가듯 시간을 밟으며 나아가는데 엉뚱하게 내가 누구인지, 어디에 있는지 현실이 제대로 보이질 않았다. 그걸 되돌아보기 시작한 시점이 오사카행 비행기를 기다릴 때였다.

퇴사는 내가 선택한 것이었지만, 당시에는 마음이 많이 좋지 못했다. 그때에는 몸도 마음도 많이 지친 상태였으므로 내가 다시 회사 생활을 할 수 있을까? 하는 근본적인 걱정도 됐다. 누구에게나 회사 생활은 어려운 일이라는 것을 안다. 그리고 또 누군가에게는 퇴사가 인생에서 별것 아닌 일 중에 하나로 여겨질 수도 있다는 것을 안다. 그러나 내게 '그 퇴사'는 지금껏 쌓아온 모든 것들을 한순간에 잃어버린 것 같은 경험이었다. 놀고 싶은 마음, 하고 싶은 일도 다 참고 버텼던 시간이었기에 더 두렵게 다가왔는지도 모르겠다. 원래의 나였다면 바로 이직을 준비했겠지만 이번에는 달랐다. 어쩐지 크게 번아웃이 온 것 같았다.

비행기를 기다리는 동안 감은 눈 사이로 눈물이 조금 흘렀다. 오사카 다음엔 대만행이 예정되어 있었고, 그다음엔 홍콩행 티켓을 예매해 두었다. 여행을 제대로 해 본 적도 없고, 어떻게 해야 하는 줄도 모르고, 원하는 것도 없다 보니 일단 가장 안전하고 좋은 옵션을 선택했다. 숙소 예약이 가장 걱정되었는데 아마 친구들이 없었다면 정말 큰돈 들여 제대로 고생을 했을 거다. 친구들은 내가 여행을 간다는 이야기에 다들 놀라면서 이렇게 말했다.

"민주야, 비행기 탈 때 신발 벗어야 하는 거 알지?"

허공을 견디는 기분. 그때 나는 허공에 서 있었고, 그 허공을 어떻게든 견뎌야 했다. 그다음은 생각하지 않았다. 견디기. 앞으로 나아가기. 비행기는 허공을 가르고 날아가지 않던가.

서른에는 좋아하는 곳으로 가자

2. 읽을 수 없는 지도

몇 주째 선잠을 자며 여행을 다니다 떠나온 오사카. 두통을 안은 채로 비행기는 하늘 위로 높이 떠올랐다. 인천공항이 멀어질수록 세상은 나노 블록처럼 작아졌다. 비행기를 향해 손을 흔들던 사람들도 작은 점이 되었고, 건물도 손톱으로 꾹 누르면 찌그러질 것 같았고, 넘실거리던 파도는 정지된 풍경 같았다. 비행기는 특별한 일이 생기지 않는 이상 다시 한국으로 돌아갈 일이 없다. 마치 돌릴 수 없는 시간 같았다. 나는 어떻게든 지금 국경을 넘고 있는 중인 것이다.

나 홀로 첫 해외여행. 구름 위로 떠오른 비행기가 신기해서 가는 내내 창밖 풍경만 살폈다. 두둥실. 두둥실. 전날 공항에서 밤을 새우고 출발한 여정이었지만 피곤함이 짙어질수록 정신은 더 또렷해졌다. 무작정 오사카행을 택한 것은 여행을 떠나고 싶다는 마음가짐에서 비롯했다기보다는 서울로부터의 일시적 도피가 필요해서였기 때문에 제대로 된 여행 계획이란 걸 세우지 않았다. 공항에서도 오사카의 관광지를 둘러보기보다는 멍하니 창밖을 바라보았다.

그건 계획에 없던 퇴사를 할 때와 같았다. 지도를 보는 상식을 가지고 있음에도 도무지 읽을 수 없는 지도를 만난 것 같은 기분. 다년간의 경험으로 내가 가는 길의 결말이 무엇인지 알고 있으면서도 어떤 길로 나아가야 하는 것인지 모를 때의 두려움 같은 것이 마음속 가득 맺혀 있었다.

'도착하면 뭐부터 해야 하지.'

머릿속에는 예약해 둔 호스텔을 찾아가야 한다는 생각뿐이었다. 절대적 계획형 인간. 친구들은 내가 처음 여행을 떠난다고 했을 때 빡빡하기 그지없을 일정에 두통이 이는 듯 머리부터 감쌌다. 게다가 오사카는 일본의 대표적인 관광지가 아니던가. 오사카 하면 가장 먼저 생각나는 곳은 글리코상 간판. 두 팔을 벌린 남자가 신나는 얼굴로 달려 나오는 그 장면은 오사카를 가 보지 않았더라도 익숙한 인상일 것이다. 재밌는 사실이 있다면 간사이 공항에 도착할 때까지도 오사카에 대한 사전 지식이나 정보가 아무것도 없었다는 것이다. 내가 아는 것은 숙소 가는 법, 그리고 일본의 편의점이 꽤 재밌다는 사실 정도. 그래서 공항을 나오자마자 들린 곳은 편의점이었다. 한국과 다르게 일본 편의점은 정말 없는 게 없다. 공항에서 처음 먹었던 음식은 우메보시 맛 오니기리. 평소 일본 여행 영상이나 소설을 읽으며 매실장아찌인 우메보시와 애니메이션에 자주 등장하던 오니기리를 궁금해했다. 간단하게 오니기리와 우유, 그리고 초콜릿을 입에 물고는 공항을 벗어나야 한다는 생각도 잊은 채 편의점 구석구석을 둘러봤다. 여행은 이미 그때부터 시작이었나보다.

편의점 구경은 정말 재밌다. 도시락도 종류가 많고, 빵은 한국의 편의점에 비할 게 못 된다. 푸딩도 종류별로, 라면도 종류별로, 한여름에 떠났기 때문에 아이스크림도 기억에 많이 남는다. 색조 화장품도, 유명하다는 바디 크림도 모두 편의점에서 장만했다. 첫 일본 여행에서 나는 관광

서른에는 좋아하는 곳으로 가자

지를 가던 길에 편의점이 보이면 무조건 들어가 구경을 하거나 초콜릿을 사 먹었다. 어찌나 신기하고 맛있는 게 많은지! 편의점 방문을 관광으로 보기는 어렵지만, 유일하게 여행을 다시 떠나고 싶은 곳이 일본인 이유를 꼽자면 그게 바로 편의점이다.

"내가 돈을 주고 무언가를 하려거든, 그만큼의 가치가 있어야 해."

몇 년 전 추석 무렵에 친구를 따라 한강에서 웨이크보드를 탄 적이 있다. 한강이라 하면 나에게는 달리기 코스로만 느껴졌는데, 나 혼자 강 한가운데에서 물살을 가르고 보드를 탄다는 건 너무나 생경한 경험이었다. 체험 전날 유튜브로 보드 타는 법을 열심히 검색했으나 평소 수영을 즐기지 않는 내게 물속에 들어가는 법을 익히고 보드를 타는 것은 생각만큼 쉽지 않았다. 그래서 첫날은 온통 물을 먹기만 했고, 제대로 물 위에 뜨지도 못했다. 한강에서 보트에 몸을 매단 채 홀로 물을 잔뜩 먹으며 헤매던 경험은 나를 지

서른에는 좋아하는 곳으로 가자

켜보는 사람들로 하여금 창피함과 부끄러움을 솟아나게 했다. 제대로 서보지도 못하고 만신창이가 된 채로 선착장에 도착. 그날 나와 인사를 했던 사람들은 처음 보드를 타는 사람이라면 으레 있는 일이라는 듯 내게 격려와 응원을 건넸지만 그날 나는 물살 가르고 멋지게 보드를 타던 친구에게 묘한 경쟁심을 느꼈다. 그 친구는 보드 경력만 몇 년이 되는 데다, 웨이크보드는 반년 넘게 탄 숙련자였음에도 말이다!

　나는 다음 날에도 한강으로 나오기로 했다. 시간과 비용을 들여 여기까지 왔는데 보드를 제대로 타보기는 해야 하는 것 아니겠냐는 생각이 들었기 때문이다. 전날 밤새 자세를 연습하고, 균형을 잡는 법에 온 신경을 쏟았다. 다음 날 아침. 가장 처음으로 선착장에 도착해 옷을 갈아입고 몸에 물을 적셨다. 그렇게 거짓말처럼 첫 회에 보드 위로 일어날 수 있었다. 다음 날에도, 그다음 날에도 보드를 탔다. 안정적이고 여유로운 자세는 아니었지만 해냈다는 사실에 뿌듯함을 느꼈다. 다들 어떻게 몇 시간 만에 다른 사람이 되어온 거냐고 물었다. 나는 긴장이 풀려 졸리는 눈을 억지로 뜨며 웃어 보였다. 사람들에게는 말하고 싶지 않았다. 내가 전날 얼마나 독하게 열심히 그걸 준비해 갔는지.

무언가를 진심으로 얻기 위해서는 그 정도의 노력이 필요하다고 생각하던 때가 있었다. 노력 없이 내 것이 되길 원하는 친구들을 마주할 때면 겉으로는 응원했지만 집에 돌아와 일기를 쓸 때마다 마음속으로 쉬이 비난했다. 그리고 내가 갖고 싶은 것과 친구가 갖고 싶은 것이 겹칠 때면 오직 나만 가질 수 있도록, 확실히 나만 돋보일 수 있도록 얄미운 전략을 짤 때도 있었다. 그렇게 얻은 결과는 분명 나를 눈에 띄는 사람으로 보이게 만들었을 것이다. 나만이 성장한 사람으로 보였을지도 모르겠다.

'성장'의 사전적 의미는 '사물의 규모나 세력 따위가 점점 커짐'이다. 성장하는 사람이란 눈에 보이는 손에 쥔 것이 많은 사람이라는 의미가 된다. 대부분의 사람들이 '성장'을 말할 때 내적인 성장, 인간으로서의 내적 변화를 말한다면 나는 달랐다. 대학 시절부터 내가 생각한 성장은 나 혼자만이 알아도 되는 크기가 아닌, 세상 모든 사람들이 알게 되는 크기를 뜻했다. 과시였던 것이다. 그래서 성장을 위해

들이는 노력에는 반드시 그에 상응하는 결과가 나와야 한다고 생각했다. 여행도 마찬가지였다. 여행을 떠나면 반드시 남는 게 있어야 한다고 생각했고, 크고 유명한 관광지만을 가야 한다고 생각했던 것이다.

성장에 대한 또 다른 얘기 하나. 나에게는 '예쁜 쓰레기(예쁘기만 하고 실용적이지 않은 물건)'를 모으는 친구들이 있다. 이를테면 소품샵에서 팔 법한, 책상 위에 올려두기 좋은 작은 소품이나 가방에 걸고 다니기에 귀여운 키링 같은 걸 모으는 친구들. 그 친구들과 플리마켓 같은 곳을 구경할 때면 나는 소비요정을 잠재우는 데 큰 역할을 한다. 너 지금 이거 필요해? 이런 게 왜 필요해? 이게 살아가는 데 무슨 쓸모가 있어? 이 말들은 친구들이 나에게 소비를 막아달라고 부탁할 때 자주 하는 말이다. 하루는 소비 취향이 비슷한 친구들끼리 먼저 만나 쇼핑을 했다. 그리고 그날 친구들은 소확행이라 불리는 것들을 대확행이라 부르며 기쁨을 누렸다. 그중 한 친구가 내게 자신의 쇼핑 목록을 보여주며 기뻐하기에 처음엔 한심하다는 생각이 들었다.

"네가 지갑을 열 때 옆에서 쟤가 말리지 않았어?"

내 물음에 친구는 활짝 웃으며 대답했다.

"'네가 그걸로 행복해질 수 있다면 된 거야. 세상에는 그걸로 행복하다고 생각하지 않는 사람들도 많거든.',이라고 하던데? 누구와는 다르게."

어쩌면 '그걸로 행복하다고 생각하지 않는 사람'은 나를 가리키는 표현일지도 모른다. 나는 언제나 현재에 만족하지 못했고, 그다음을 위해 자꾸만 나를 망가뜨렸다. 내가 할 수 있는 최선을 다한다는 건, 결국 나를 소진하는 일이었으니까. 여행지에서도 마찬가지다. 여행의 기쁨을 누리기보다는 내가 스스로 세운 목적지를 찾아가는 데 급급했으니까. 첫 일본 여행은 그래서 식당에서 라멘 한 그릇조차 제대로 먹지 못했다. 제한된 시간 내에서 최대한 많은 관광지를 봐야 한다고 생각했고, 이동하는 동안은 마감을 지키느라 창밖의 풍경을 바라보지조차 못했다. 밥 먹을 시간이 없어 편의점에서 산 빵을 길에서 빠르게 먹어 치웠다. 돌이켜보면 이것도 하나의 여행이겠으나 나는 여행을 즐기기보다는 해낸 편에 더 가까웠을 것이다.

분명 지도를 봤고, 지도가 가리키는 대로 따라갔을 것이

서른에는 좋아하는 곳으로 가자

다. 그런데 이것을 두고 제대로 지도를 볼 줄 아는 사람이라고 할 수 있을까? 그저 주어진 매뉴얼을 따른 것이지, 나만의 여행을 했다고 볼 수 있을까? 오사카성이나 유니버설 스튜디오를 여행한 것보다 평소 내가 좋아하는 편의점이나 쇼핑센터를 방문해 소소하게 구경을 했던 순간이 더 만족스럽고 기억에 남는다. 그걸 받아들이고, 깨닫기까지 많은 시간이 걸렸던 것 같다. 그건 내 인생에서 힘을 빼고 살아가는 법을 처음으로 배워야 한다고 생각하게 되었던 계기가 되었다.

퇴사 이후의 시간은 흐린 눈으로 지도를 봐야 하는 것과 같았다. 정확하게 무엇을 해내려 노력하기보단 헤매고, 허우적거리고, 지속 가능하게 나의 삶을 지켜내는 법을 찾는 것이 당시 내게 간절히 필요했을 거다. 지도를 손에서 놓기 시작한 건 그때부터였다.

서른에는 좋아하는 곳으로 가자

3. 돈 크라이 베이비

계획이 없어 공항에서 한참을 서성였다. 나는 지금 외국인 신분으로 타국에서 길을 잃었다. 대책 없음. 원하는 것 없음. 조금 피곤하고 많이 배고픔. 외롭고 심심함. 허무하고 울적함. 우선 공항 한구석에 쪼그리고 앉아 크림빵을 한입 가득 물고 여행 앱을 켰다.

'오사카' 하면 난바가 아니던가. 난바는 오사카의 유명 번화가라 불리는 도톤보리가 있는 관광지다. 화려한 네온사인과 수많은 사람들, 맛집으로 손꼽히는 거리들, 그리고 대표적인 볼거리인 운하가 있다. 마침 난바 근처의 호스텔을 예약해 두었다. 호스텔 체크인까지 시간이 꽤 많이 남아 있었다.

여행을 할 때는 그 지역의 대표 관광지를 둘러봐야 하는 것이 암묵적인 룰이니까. 오사카성이 궁금한 건 아니었는데, 서울에 오면 경복궁을 둘러보듯 오사카성으로 향했다. 양손 가득 짐을 들고 말이다. 그때 나는 그게 얼마나 큰 실수였는지 알지 못했다. 일본에서 지하철 타기. 나는 일본의 지하철에 대해 아는 것이 하나도 없었다.

　새로운 세계에 발을 내딛게 될 때마다, 두려움이 앞설 때마다 지금의 나는 생각한다. 결국 이곳은 인간들의 세계라고. 그래서 일본을 여행할 때에도, 제대로 정보를 알아보지 않아도 사람 사는 게 다 거기서 거기가 아닌가 싶었다. 그런 호기로움이 내게 있었던 것이다. 일본의 지하철은 회사마다 다르고, 한 열차가 한 노선만을 달리지도 않는다. 어느 역에 도착하면 보라색 선이 분홍색 선이 되기도 하고, 초록색 선이 되기도 하는 것이다. 일본어라곤 '하지메마시떼' 정도 뱉을 줄 안다. 여행을 하는 내내 이어폰을 꽂고 노래만 주구장창 듣느라 방송을 귀 기울여 듣지 않고, 내가 어디로 향하고 있는지 중요하게 생각하지 않는 안일함이 있었다.

　그 결과로 목적지인 오사카성에서 적어도 걸어서 1시간

　　　　　　　　　　서른에는 좋아하는 곳으로 가자

거리에 있는 이상한 지하철역에 내리게 된 것이다. 한여름이었으므로 뙤약볕에 짐은 무겁고, 큰 도로에 지나가는 사람은 없다. 찰나 갈아타는 버스를 탈까 생각했는데 그 당시나는 왜 그 얼마 안 되는 교통비가 비싸다고 생각했던 걸까. 아이스크림 네 개 정도 먹지 않았으면 될 것을, 나는 아이스크림을 다섯 개를 먹으며 그 거리를 걸었다. 한편, 거리를 걸으며 주변을 둘러보고 싶은 마음이 있었다. 내가 내린 곳이 어디였는지는 정확히 모르겠는데, 관광지가 아니었던 건 분명하다. 작은 슈퍼마켓이 있고, 끝없이 맨션들이 이어져 있었고, 재래시장이 나왔으니까. 한참을 걸어서야 관광지로 보이는 오사카성이 나왔다.

처음엔 이렇게 오래 걷는 것이 낭만이라고 생각했는데 미련스러운 행동이었던 것 같다. 일본에 오기 전에도 나는 늘 그런 식으로 여행을 했다. 머릿속으로는 어떤 선택을 해야 가장 효율적인지 판단이 서는데도 가끔 내가 내키는 선택을 하곤 했다. 특히 일을 하는 측면에서 더 그랬던 것 같다. 나는 내가 좋아야 일을 하는 편이었다. 물론 이때의 일은 월급쟁이 회사원이 아니라 창작자로서의 일이다.

공모전을 오래 준비하다 보면 잘 쓰지는 못해도, 적어도 어떻게 쓰는 것이 정답에 가까운 일인지를 눈치로 받아들이게 된다. 작품을 분석하고, 따라 써 보기도 하고, 내가 지향하는 지점을 공부하기도 하면서 '글을 쓰는 일'에 대한 적성에 대해 생각하고, 내가 잘 쓸 수 있는 분야에 대해서도 생각해 보게 된다. 고등학교 1학년 때부터 소설을 써왔으면 웬만한 소재의 작품은 다 써봤다. 소설 속에서 나는 안 해 본 게 없다. 그래서 나의 강점과 약점도 잘 알고 있다. 나는 논리적인 글보다는 감성적인 글을 더 잘 쓸 수 있고, 가짜의 세계관을 구축하는 일보단 솔직한 현실의 이야기를 담을 때 더 매력적으로 글을 써낼 수 있다. 마이너할 때도 있지만 대체로 내 머릿속 세계관은 엽기적이거나 코믹하고, 사랑스럽기도 하고 귀엽다.

얼마 동안 내가 쓰고자 하는 결의 세계관과 이야기가 있었다. 나는 오래도록 한국 사회에서 '폭력' 키워드로 소설을 쓰거나 쓰인 소설을 분석하는 데 관심이 있었다. 특히나 보호 청소년에 관심이 많았다. '어른'과 '아이'의 차이를 느끼지 못하는 친구들을 발견할 때면 의존보다는 방어가 먼저

인 아이들에게 행해진 폭력의 날카로움이 느껴졌다. 어느 시대에 벌어진 폭력이 과거에는 어떻게 해석되었고, 현대에는 어떤 시선으로 바라보고 있으며, 미래에 작가이자 독자이자 인간인 우리가 어떤 태도와 메시지를 가지고 있어야 하는지에 대해. 그래서 나의 20대는 온통 폭력적인 서사들로 가득했다. 나는 폭력의 순간을 포착하기보단 그 이후의 남은 잔해와 누구도 주목하지 않는 다음에 대해 생각했다. 폭력이라 하면 물리적 가치를 가리킬 때가 많은데 내가 생각하는 폭력은 한 생의 시간을 가로막는 행위다. 두려움으로 인해 저 너머로 나아가지 못하게 만들기. 그것은 물리적이든 정서적이든 보이지 않는 '죽음'을 평행선처럼 따라다니게 만드는 일이 아닐까 생각했다.

소설에도 여러 장르와 깊이와 이야기가 있듯 내가 관심을 가지고 있었던 주제는 그것이었다. 다양한 이야기를 써보는 연습이 필요하다고 생각한 건 얼마 되지 않은 이야기다. 그러니까 이건 순전히 내가 좋아서 하는 일인 것이다. 관심을 가지고, 주의 깊게 살피고 열심히 하는 일. 그래서 일 외적인 것에는 쉬이 방황하게 되었다. 안일했기 때문이다. 등단을 하게 되었던 해가 가장 최고의 성과를 냈던 해라면, 동시에 그해에 나는 많은 친구들을 잃었다. 글을 쓰는데 온 시간을 들이느라 친구들을 챙기는 데 소홀했기 때문이다. 세상을 알기보다는 내가 쓰는 글과 지향하는 가치만을 알기 급급했다. 나의 세계는 그래서 정교하기만 했다. 책은 이미 몇 번이고 교정을 거친 편집본이었을 것이고, 뉴스와 영화는 연출과 대본이 존재하는 가이드라인이 있지 않던가. 미디어는 세상을 완벽해 보이게 만든다. 나는 그 미디어가 만들어지기까지 벌어졌을 수많은 방황과 실수를 알지 못한 채 그저 수용하고 맹목적으로 신뢰하기만 했다. 그건 내 선택의 어리석음이었을 것이고, 지극히 나다운 성격이었을 거다.

오사카성에 도착하자마자 삼각대를 들고 사진을 찍었다. 보기 좋게 인스타그램에 올렸다. 사람들의 좋아요를 받고 뿌듯하게 성의 내부로 들어갔다. 그다음 이야기는 편집본과 무편집본이 있다. 인스타그램으로 나를 아는 사람들은 아마도 내가 알차게 관광을 했을 거라고 생각할 것이다. 그러나 실상은 화장실 옆 보조 의자에 앉아 약 1시간가량 꾸벅이며 졸았다. 잠깐 쉰다고 한 것이 밀려오는 졸음을 이기지 못하고 엎어져 버린 것이다. 발목에 가방을 묶어놓고 시원한 에어컨 바람을 이불 삼아 잠깐 동안 꿈까지 꿔가며 잠을 잤다. 분명 졸 때는 옆자리에 푸른 눈의 아이가 장난감을 들고 있었는데 깨어 보니 할머니가 지팡이를 짚은 채 한심한 듯 나를 바라보고 있었다. 오사카성에 도착했을 때와 나올 때의 사진을 보면 눈빛부터 다르고, 심지어 얼굴은 부어있기까지 했다. 그건 내가 걸어온 길과 같았다. 나는 사람들이 보이지 않는 곳에선 언제나 한심하고 어리석기 그지없는 사람이었다. 나는 그런 솔직한 모습들을 아주 친한 친구들에게조차도 숨기려 했다. 그런 걸 보이는 건 약점이고, 그런 것까지 보이면 나에게 실망한 사람들이 나를 떠나갈 것만 같았기 때문이다. 약점을 보이지 않는다는 건 도움을 받아 성장할 기회를 놓치는 것과 같다. 나는 늘 잘하고 있는 모습만 보여주려 했기 때문에 도움을 받지 못했을 수도 있고, 때로는 도움이 필요 없다고 생각하고들 있었는지도 모르겠다.

퇴사하던 시점의 나도 그랬다. 내게 선배들이 필요했다. 누군가에게는 부러움의 대상이거나 내 인생을 잘 살아가고 있다고 보였을지 몰라도 나는 한창 방랑하고 있었으니까. 회사에서도, 작가로서도 어느 한쪽으로도 자리를 잘 잡고 있다는 생각이 들지 않았다. 그런 와중에 일을 좋아하는 사람들을 오래 만날 기회가 있었고, 그들과 교류하는 시간 동안 나도 다양한 일을 해 보고 싶었다. 당시 나는 꽤 많이 흔들렸다. 한 가지에 집중해도 모자란데 욕심은 많고 역량은 부족하니 끝없이 헤맬 수밖에 없었을 것이다. 그리고 그 모습을 들키고 싶지 않아 나 홀로 분투했었던 것 같다. 마치 길을 잃었는데 그걸 인정하지 못하고 거리를 구경하고 싶었다며 뙤약볕에 1시간이 넘는 거리를 걸었던 것처럼 말이다.

우메다의 공중정원에 도착한 것은 막 해가 저물어 가기 시작할 무렵이었다. 온종일 길을 헤매고 걸어 다니느라 몸도 마음도 너덜너덜해졌을 즈음에 도착했기에 처음엔 기대가 되지 않았다. 그저 빨리 숙소로 돌아가 미지근한 물에 몸을 씻고 침대로 돌아가고 싶은 마음뿐이었다. 공중정

서른에는 좋아하는 곳으로 가자

원이라는 이름이 붙었지만 결국은 우메다의 야경을 한눈에 내려다보는 게 아닌가? 그리고 야경이라 해 봤자 서울이든 오사카든 다 같은 풍경일 것이라고 생각했다. 일단 인증샷 정도만 찍고 빨리 숙소로 돌아가야지. 머릿속으로 계산을 다 해놓고 고층으로 향하는 엘리베이터를 탔다.

공중정원에는 어떤 사람들이 방문할까? 야경을 보러온 이들은 대체로 어떤 사람들일까? 여행 온 관광객이 많았고, 함께 인상적인 기억을 남기러 온 커플도 있었을 것이다. 친구들도 있을 수 있고, 무언가 마음속에 결의를 다지러 온 사람도 있었을 것이다. 그중에 나는 가장 무기력한 관광객이었다. 당시 퇴사를 하고 금방 이직할 거라고 생각했다. 지금껏 나는 철저히 계획 속에 살아가는 사람이었기 때문이다. 7년 차. 퇴사 이후 머리로는 내가 무엇을 해내야 하는지 알고 있는데 몸이 따라주질 않았다. 아무것도 하고 싶지 않았는데, 아무것도 하지 않는다는 사실이 겁이 났고, 또다시 반복되는 일생을 평생 살아가야 한다는 사실은 때로 나를 좌절시켰다. 퇴사 이후 아무것도 해내지 못한 것은 그것 때문이었다. 평생을 기대감 없이 살아가야 한다는 그

서른에는 좋아하는 곳으로 가자

사실. 그걸 받아들일 수 없어서.

어른이 되면 앞으로 온통 재밌는 일만 있을 거라고 생각했는데, 정작 가장 재미있을 시기는 이미 다 지나버렸는지도 모른다고. 일도, 사랑도, 그 무엇도 제대로 이루지 못한 서른은 실패한 인생이 아닐까 고민했다. 우메다의 공중정원에 올랐을 때 그런 마음으로 사람들을 바라보았으므로 대상이 없는 화가 치밀어 오르기도 했다. 공중정원으로 가려면 고층으로 향하는 엘리베이터를 타고 올라가야 한다. 그 뒤엔 안내에 따라 야외로 나갈 수 있는 문을 열고 밖으로 나가면 된다. 처음 오사카의 전경을 바라보았을 때 가장 먼저 눈에 들어왔던 것은 우메다의 빌딩 숲이었다. 오사카의 번화가에서 빽빽하게 들어찬 건물들과 그 사이를 바쁘게 지나다니는 사람들이 눈에 들어왔다. 마침 일본에서의 퇴근 시간이 아닐까 싶었다. 그 모습을 보는데 나도 모르게 울컥하고 눈물이 났다. 바로 지난주만 하더라도 저 도시 속에 내가 살고 있었는데 지금의 나는 도시에 속하지 않은 사람, 어디에도 속하지 않은 사람이라는 생각에 서글퍼졌다.

퇴사도, 여행도 모두 다 내가 선택한 것인데 왜 나는 그 순간 깊은 무력감을 느꼈던 걸까? 아마도 그건 내가 불안정한 상태였기 때문이었을 거다. 인간은 본래 평생 불안정하게 살아가는 것이 맞는데 나는 그때 나만 그럴 것이라고 생각했다. 주변의 사람들은 웃고, 사진을 찍고 감탄사를 내뱉고, 누군가와 통화를 하는데 나는 가만히 난간에 기대어 도시를 하염없이 바라보고 바라보았다. 누구의 눈치도 보지 않아도 되니 눈물이 줄줄 흘렀다. 앞으로 어떻게 살아야 할까? 지금 나는 제대로 나아가고 있는 걸까? 왜 가장 열심히 달려가야 하는 그 순간에 퇴사를 선택해야만 했을까? 억울했다. 그사이 우메다는 점점 컴컴해졌다. 불빛 때문인지 흰색은 형광처럼 빛났다. 사진 하나 찍고 가야지. 카메라를 든 채 주변을 두리번거렸다. 그러다 나보다 키가 두 뼘 정도 커 보이는 어느 외국인 아주머니에게 사진을 부탁했다. 코는 빨갛고 목소리엔 울먹임이 섞여 있었다.

처음엔 아주머니를 바라보는 시선에 힘이 들어가 있었다. 웃지 않고 카메라의 렌즈를 응시하며 한 손으로 브이를 지어 보였다. 어깨가 축 처졌는데, 문득 아주머니가 내게 다가와 제 뺨을 톡톡 치는 것이 아닌가. 뭔가 묻었나 싶어

서른에는 좋아하는 곳으로 가자

뺨을 만지는데 화장에 반쯤 지워진 눈물 자국이 만져졌다. 아주머니가 말했다.

"돈 크라이 베이비."

아주머니는 내게 그 말을 던지고는 제 눈을 치켜뜨며 익살스러운 표정을 지어 보였다. 그러고는 재미있는 포즈를 한번 해 보라고 했다. 나는 고민하다 바로 옆자리의 한국인들이 하는 포즈인 볼 하트를 해 보였다. 그러자 아주머니가 '스마일!' 하는 것이 아닌가. 나도 모르게 웃음이 났다.

사진 잘 나왔다며 엄지를 척 세워 보이는 아주머니에게 고맙다고, 좋은 하루 보내라는 인사를 건네자 아주머니가 "굿 럭." 하며 시크하게 돌아섰다. 나는 그렇게 우메다의 야경을 조금 더 감상하다 숙소로 돌아갔다. 숙소로 가는 길엔 또 길을 잃었고, 혹여 늦은 시간에 열차를 잘못 타게 될까 얼마나 마음을 졸였는지 모른다. 그날 열여섯 명이 묵는 호스텔 침대 위에서 나는 눈을 감고 공중정원의 풍경을 상상했다. 허공을 견디는 기분. 그리고 내게 그 말을 해 주었던 선배를 떠올렸다. 그리고 생각했다. 깃털이 되겠다고. 여행자들은 보통 깃털 같은 가벼운 마음으로 즐기지 않던가. 깃털 같은 마음이라면 허공을 가장 안전하게 즐길 수 있는 게 아닐까?

공중정원의 황홀함에 취했던 것일지도 모르겠지만, 나는 이제 막 시작된 여행을, 그리고 내게 남은 20대의 마지막을 깃털처럼 즐겨 보기로 했다.

서른에는 좋아하는 곳으로 가자

4. 죽어가던 나를 살게 만들었던

내게 가장 힘들었던 여행지가 어디냐고 묻는다면, 나는 주저 없이 '타이베이'라고 말할 수 있다. 우선은 덥다. 가만히 서 있기만 해도, 숨을 내쉬기만 해도 뜨거운 공기가 가득 들어찬 듯하다. 습기는 또 어떤지. 샤워를 마친 뒤 샤워실에서 내 방 숙소까지 걸어가는 그 잠깐의 시간 동안 겨드랑이엔 금세 땀이 찬다.

둘째로는 생각보다 영어가 통하지 않는다. 자주 길을 헤매었던 지라 길을 묻는 일이 잦았는데 대체로 사람들은 영어로 길을 물어도 자국어로 답을 해주었다. 그게 잘못된 건 아닌데, 알아들을 수가 없으니 다시 구글맵을 면밀히 들여다보게 된다. 그 외에는 한국과 시스템이 비슷했다. 버스를 탈 때에도 지하철을 탈 때에도 앞서 오사카 여행 경험이 있어서인지 외국에서의 생활이 제법 익숙해졌다.

며칠 전만 해도 오사카에 있었는데 눈 깜짝할 사이 나는 대만에 와 있다. 공항에서 타이베이역으로 이동해 숙소를 찾았다. 지하철역에 내리자마자 가장 먼저 눈에 들어왔던 것은 역 앞에 줄지어 앉아 있던 노숙자였다. 날이 더워서 그런지 역 안으로 들어가자마자 찜질방 같은 풍경이 이어졌다. 며칠이고 씻지 않은 듯 보이는 인상의 사람들이 바닥에 앉아 있거나 누워 있었다. 그리고 그들 사이를 사람들은 아무렇지도 않게 지나다녔다. 역 안은 더웠고, 복잡했고, 답답했다.

일본어를 조금 읽을 수 있고, 언어가 제법 통했기 때문에 여행이 비교적 수월했던 오사카와 달리 대만은 표지판부터 알 수 없어 여러 번 어려움을 겪었다. 지도가 가리키는 방향대로 따라갔다고 생각했는데 돌아서면 반대 방향으로 가기 일쑤. 버스 안내를 새로고침 할 때마다 경로가 바뀌어 애를 먹었던 경험도 다수다. 오사카에서 대만으로 이동하는 동안 나는 제법 침울한 상태였다. 재미있게 여행하긴 했지만 대만에 왔을 땐 여행이 끝난 후 남은 20대를 어떻게 보내야 할지 갈피를 잡지 못한 상태였고, 내가 아무것도 하고 있지 않다는 것에 대한 무력감을 이기지 못했다. 여행 기간 내내 무표정한 얼굴로 먹고, 자고, 걸어 다니기를 반복했다. 어느 날엔 노숙자들이 즐비해 있는 터미널의 벽면에 함께 기대어 지나가는 사람들을 바라보기도 했다.

해외에서 외국인으로 여행을 하며 느꼈던 것은 이곳에선 내가 유령처럼 존재할 수 있다는 사실이었다. 누구도 내게 명령하지 않았고, 규칙을 지키라 강요하지 않으며, 나는 이곳에서 일을 할 필요도, 밥을 먹을 이유도 없었다. 누구도 한국에서 대부분의 20대가 보내는 삶을 살아가라고 말하지 않았기 때문이다. 이곳에서 나는 철저히 유령이었다. 무언가 말을 해도 무시당할 때가 많았고, 호스텔에서 마주한 사람들 대부분은 내가 무엇을 하는 사람인지, 무슨 일을 했는지, 어째서 여행을 오게 되었는지에 대해 세세히 묻지 않았다.

한국에 있는 동안 수없이 많은 질문을 받아왔고, 그에 대한 답을 해주어야 했다. 어떤 일을 하는지, 결혼은 했는지,

주말에는 무엇을 하며 시간을 보내는지, 그동안 20대는 어떻게 보내왔는지, 소설을 써왔다고 했는데 그 글들은 어디서 볼 수 있는지. 지금껏 내가 지나쳤던 사람들은 정형화된 답을 원했다. 대체로 다수에 해당하는 형태를 가지고 있지 않는다면 그 이유를 끝없이 궁금해했고, 알아내려 했기 때문이다. 대만에서는 그런 질문 따위 없었다. 함께 숙소를 썼던 룸메이트들은 모두 외국인이었고, 다들 나보다 일찍 숙소를 떠나 늦게 들어왔다. 대만에서 시간을 보내는 동안 나는 여행에 대한 의지 자체를 상실한 상태였다. 인스타그램 속에서는 이곳저곳을 잘 놀러 다닌 사람으로 보였을지 모르겠지만 실은 여행 시간보다 숙소에 있었던 시간이 더 길다. 여행을 하면 무기력감도, 끝없이 쏟아지던 졸음도 멎을 거라고 생각했는데 오히려 더 몸을 움직이기가 힘들었다. 누구도 내게 무어라 말을 하지 않으니 계속해서 한국으로부터 멀리 도망 온 채로 숨어 있고 싶었다. 과장해서 말하자면 유령 같은 삶이 나쁘지 않다고 생각했는지도 모르겠다.

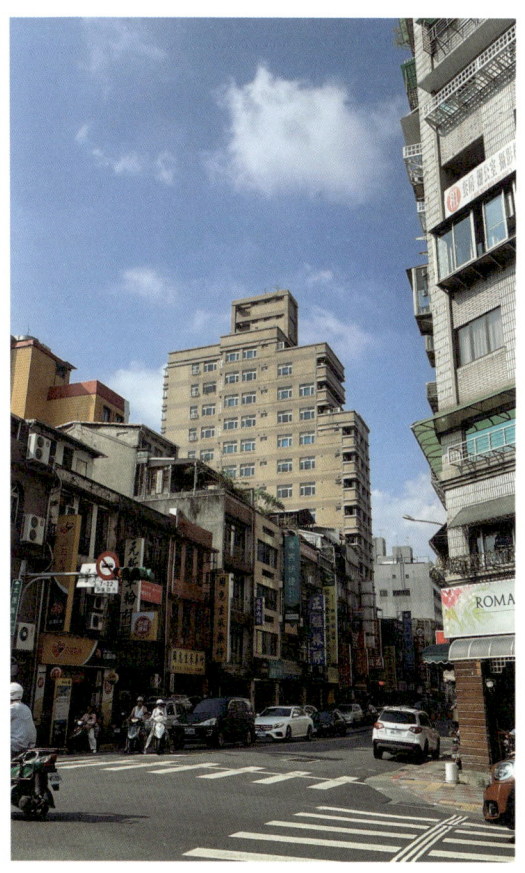

PART 1 좋은 곳에 가고 싶어요

대만은 관광하기에 매력적인 나라다. 아름다운 자연경관이 있어 휴양지로도 좋고, 쇼핑을 하기에도 좋다. 그중에서도 대만에서 손꼽히는 곳은 국립 고궁 박물관이다. 시즌마다 전시되는 품목이 다르고 여행을 하는 동안 다 둘러보기에도 어려움이 있기 때문이다. 처음부터 고궁박물관에 갈 생각은 없었다. 우선은 외곽 지역에 위치해 있는 데다 고궁박물관이 유명 명소인 줄 나는 알지 못했다. 고궁박물관을 추천받은 것은 호스텔 스텝과 잠깐의 대화를 나눌 때였는데 타이베이에 왔다면 반드시 박물관을 가 보라고 했기 때문이다.

오전 일정을 마치고 고궁박물관까지는 지하철을 타고 또 버스를 타고 가야 한다. 처음엔 한국에서처럼 도시에서 멀지 않은 위치에 있으리라고 생각했는데 버스는 자꾸만 번화가의 외곽으로 달려갔다. 버스에서 내렸을 땐 이미 해가 조금씩 기울어지는 시각. 박물관을 둘러본 뒤 숙소로 돌아가려는데 돌아가려는 버스의 도착 예정 정보가 없다. 박물관 폐관 시간에 맞춰 나왔더니 버스 정류장엔 외국인들로 가득하고, 다들 도착 예정 정보를 확인할 수 없는지 휴대폰

서른에는 좋아하는 곳으로 가자

과 버스 정보 화면, 그리고 주변을 두리번거리고 있다.

지금 이곳에서 버스를 잘못 타면 타이베이의 더 외곽 지역으로 이동하게 될지도 모른다는 두려움이 생겨났다. 걸어서 가려니 2시간이 넘을 것 같고, 길을 잘 찾아갈 자신도 없다. 설상가상으로 버스 정류장엔 영어가 아닌 온통 한자만 쓰여 있다. 고민했다. 불안했다. 두려웠다. 구글맵은 새로고침을 할 때마다 안내하는 경로가 다르다. 그럴 때 가장 좋은 방법은 내가 처음 왔던 역으로 다시 돌아가는 거다. 어떻게 해야 할지 몰라서 무작정 역 이름을 검색했다. 몇 개의 버스가 나왔다. 그리고 눈앞에 버스 한 대가 섰다. 조금 돌아가긴 하지만 그 버스였다. 다들 나와 같은 생각을 하고 있는지 마을버스만 한 크기의 차량에 정말 많은 사람들이 빼곡히 탑승했다.

현지 학생인지 교복을 입고 있는 아이들도 있었고, 노인도 많이 타고 있었다. 외국인들도 많이 보였는데, 한국인은 그 버스에 없었다는 거다. 버스는 외곽에서 다시 도시로 이동하고 있었고, 시내로 향할수록 하차하는 사람들이 많아졌다. 그러나 내리는 사람만큼 현지인들이 다시 많이 탑승

했다. 영어 안내는 없고 버스표엔 온통 한자만 쓰여 있다. 구글맵을 보니 새로고침 되어 내가 탔던 버스의 정보가 노출되지 않는다. 덜컥 겁이 났다. 기억을 되살려 내가 내렸던 역을 생각해 보았는데 어떤 풍경이었는지 떠오르지 않았고, 거리는 다 비슷비슷해 보인다. 이러다 집에 가지 못하는 거 아니야? 영어로 기사에게 물었더니 돌아오는 답은 영어가 아니다.

"지금 이 길이 맞아요? 목적지까지 데려다줄 수 있나요?"

몇 번을 묻는데 앞에서 나를 밀고 뒤에서 나를 민다. 나는 창가에 뺨을 대고는 이리저리 치였다. 잠깐 생각했던 것 같다. 유령처럼 다니는 여행이라면 이대로 유령이 되어도 되지 않을까. 영영 길을 잃고 모르는 길을 다니며 시간을 조금 더 보내도 되지 않을까? 내가 원했던 진짜 여행은 그런 것이었으니까. 대만은 나의 생존 본능을 자꾸만 깨웠다. 그렇게 영영 길을 헤매면 안 된다는 무언의 경고라도 해주듯. 한국에서의 나는 온통 생존 본능으로 나의 내일을 지속하고 있었다. 무엇이든 경쟁에서 이겨야 했고, 부족함이 있다면 수단과 방법을 가리지 않고 채워야 했다. 그런 건 언

서른에는 좋아하는 곳으로 가자

제나 답을 정해두고 답을 향한 이야기를 만드는 일 같았다. 마치 목적지와 경로를 정해두고, 그 방법대로 따라가는 것처럼 말이다.

"여기서 내려야 하나요?"

다시 물었다. 기사에게도 묻고, 함께 탄 승객에게도 물었다. 아무도 대답하는 이가 없다. 완벽히 길을 잃었다. 나는 내가 완전히 지쳐 있었다고 생각했다. 여행을 하는 동안 여행지가 궁금하지 않았고, 무엇을 하고 싶은 욕망이 없었기 때문이다. 그런데 무슨 일이었던 걸까. 완벽히 길을 잃었다고, 위험에 처했는지도 모른다는 생각이 들었던 순간, 나도 모르게 힘이 났다. 한국에서의 생존 본능이 피어난 것이다.

"나 이대로는 안 될 것 같아. 내가 어떻게 여기까지 왔는데!"

어느덧 관광객이 내려 한산해진 버스 안. 나는 작게 중얼거렸다. 몇몇이 나를 흘깃 하고 바라보았다. 나는 쉬지 않고 덧붙였다.

"내가 어떻게 여기에 왔는데! 내가 어떤 마음으로 왔는데! 이렇게 무력하게 길을 잃고만 있을 순 없지! 얼른 숙소에 가서 따뜻한 물에 샤워하고 누워 있고 싶어! 나는 그걸 원해! 더 이상 길을 잃고 싶지 않아!"

그렇게 고민하고 마음을 졸이기를 여러 번, 큰 실수를 하고 말았다. 내가 내렸던 정류장을 지나쳐 버린 것이다. 지나치자마자 깨달았는데 구글맵을 보니 다음 정류장까지 도보로 약 30분에 해당하는 거리를 지나쳐야 했다. 원래의 나라면 바로 다음 정류장에 내려 지하철역으로 돌아갔겠지만 그날은 지도의 배율을 조금 더 축소해 놓고는 근처에 지하철역이 있는지를 살폈다. 다행히 두 정거장 정도 더 가면 처음 보는 지하철역 앞에 내려주었다. 창밖은 컴컴하고, 내가 내려야 하는 지하철역은 번화가가 아닌 데다 사람도 많지 않았다.

그날 나는 지도에 적힌 경로가 아닌, 누군가의 길을 따라 하는 것이 아닌 내가 지도를 보고 생각하고 결정한 길을 따랐다. 지도를 조금 더 넓게 보고, 나를 조금 더 믿어주었다. 그리고 깨달았다. 인생에서 어려움이 닥칠 때마다 과거를 붙잡거나 과거로 돌아갔을 때 다시 안정감을 찾겠다는 기대보다는 앞으로 내가 할 수 있는, 나를 믿고, 나의 선택을

서른에는 좋아하는 곳으로 가자

조금 더 존중해 보겠노라고. 그리고 세상을, 지도를 조금 더 넓게 보겠노라고.

대만을 여행하는 동안 겪었던 어려움은 자꾸만 나의 승부욕을 건드렸고, 두려울수록 더 잘 살고 싶어졌다. 대만은 죽어가던 나를 자꾸만 살게 만들었다. 대만 여행이 끝난 뒤, 나는 내가 무엇을 좋아하는지를 알게 되었다. 우선 청정한 시골은 나와 맞지 않는다. 나는 도시를, 조금 더 여행해 보기로 했다.

서른에는 좋아하는 곳으로 가자

5. 너는 더 여행해야 해

오사카, 도쿄, 그리고 타이베이. 이미 세 도시를 여행했다. 그사이 소설가로의 일이 남아 있어 한국에 들어올 때마다 서울이 아닌 전주와 통영, 군산에 머무르며 내게 남은 일들을 마무리하고 있었다. 이제 남은 티켓은 홍콩. 원래는 홍콩을 마지막으로 여행을 끝내려 했다.

홍콩행 비행기는 지금까지 내가 이용했던 여행 편 중에 유일하게 늦은 밤에 출발하는 비행기였다. 늦은 밤에 출발해 홍콩 시각으로는 새벽이 한참 넘은 때에 도착하는 것이었다. 저렴한 항공편을 알아봤던 데다 그 당시에 홍콩에 도착하는 대부분의 비행기는 야간 노선밖에 없었다.

그날은 평소와 다름없는 하루를 보냈다. 잠을 자고, 소설을 쓰고, 강연 준비를 하고, 운동을 하다 시간 맞춰 인천공항으로 향했다. 당시 홍콩행은 내가 이직 전에 떠나는 마지막 여행이라고 생각했다. 그래서인지 공항에서 멍하니 창밖의 풍경을 보며 기다리는 동안 오히려 정신은 또렷해졌다.

'서른'이라는 나이에 의미를 부여하자면, 대체로 인생이 가늠된다는 사실이다. 그날 홍콩으로 가는 비행기를 기다리며, 나는 내 인생이, 그리고 운명이 어떻게 전개될지 예측되었던 것 같다. 좋든 싫든, 예측이 된다는 건 그만큼 기대감이 사라진다는 뜻이기도 해서, 결국 나는 다시 회사에 돌아가 일을 하고, 내 삶을 살아내야 하는 그 당연한 운명 앞에 좌절하고 있었다. 매일 같이 반복되는 삶, 비슷한 사람들, 여유 없는 일상들. 일을 사랑하는 편이었지만 때로는 일이 족쇄처럼 느껴지던 순간들도 있었다. 그런 사소한 반복됨으로부터 몹시 벗어나고 싶었는데 그러지 못했다고 생각했고, 앞으로도 그럴 것이라고 당시에는 확신하고 있었다.

때때로 어떤 용기는 마지막이라고 생각했을 때 예상치도 못한 에너지를 발휘하게 된다. 그리고 그 용기에 대한 보상은 운명에 의해 결정되는 것이다. 공항에서 출국 게이트가

서른에는 좋아하는 곳으로 가자

열리기 직전, 나는 두 명의 친구에게 전화를 걸었다. 두 사람 모두 오래전에 연락이 끊겨 먼저 연락하기엔 망설임이 컸던 사람들이었다. 한 친구는 접점이 없는 곳에서 나와 가장 가까운 이야기를 나누었던 선배였고, 나머지 한 친구는 가장 가까이에서 비밀들을 나누지 못하고 지나친 인연이었다. 그러나 두 사람 모두 나의 가치관에 큰 변화를 준 사람들이었다. 그날 나는 왜 그랬을까. 홍콩행 비행기가 잠깐 연착되는 동안 그 사람들과 이야기를 나누고 싶었고, 어쩐지 한국에 돌아왔을 땐 다른 사람이 되어 있을 것만 같았다.

1시간 정도 연착. 그날 내가 두 사람에게 연락을 했던 것은 그 1시간이라는 운명이 만든 결과였을지도 모르겠다. 가장 먼저 목소리를 듣고 싶었던 선배에게 전화를 걸었다. 힘든 일이 있을 때마다 가족이나 친구에게 털어놓지 못하는 이야기를 그 선배에게 상담받곤 했었다. 특히나 인간관계의 어려움을 겪고 있을 때 내게 타인을 탓하지 말고 타인을 바라보던 내 시선에 대해 생각해 보라고 둘러둘러 조심스레 이야기를 해주던 사람.

　저녁 9시가 조금 넘은 시각. 선배는 전화를 받지 않았다. 나는 다른 친구에게 전화를 걸었다. 그 친구는 선배와 비슷한 듯했지만 다른 사람이었다. 선배가 사소한 것보단 큰 것들의 가치를 중요하게 생각하는 사람이었다면 그 친구는 사소한 것에서 행복을 느끼는 사람이었다. 그 친구와 가까워진 건 그 선배와 닮은 점이 많았기 때문이었다. 비슷해서 가까워지고 싶었는데, 비슷하지 않아서 가까워질수록 이질감이 들었다.

　그때 나는 처음으로 그 친구에게 퇴사하며 겪었던 힘들었던 이야기들을 비롯해, 같은 또래로서 실감하는 꿈에 대

서른에는 좋아하는 곳으로 가자

한 이야기, 사람에 대한 이야기, 한 치 앞을 알 수 없던 미래에 대한 이야기를 털어놓았다. 이야기를 하는 동안 친구는 담담하게 듣고 있었고, 나는 눈물을 보이고 불안한 마음을 감추지 못했다. 지금 돌이켜보면 당시 내가 퇴사를 하고, 인생의 방향을 잃은 것에 대해서는 그렇게 큰일이 아니라고 생각한다. 삶은 어떻게든 계속되고, 계속되는 동안 나 자신은 언제나 성장하며 과거보다는 더 지혜로운 선택을 할 수 있는 환경을 갖게 되기 때문이다. 설령 주어진 것이 좋지 못한 패라고 하더라도 조금 더 단단한 마음을 가지게 되지 않던가. 무엇보다 스스로를 채찍질하며 꾸준히 노력하는 사람은 절대로 쉽게 무너지지 않는다는 믿음이 있다. 그러나 그 당시에는 내가 아무리 노력해도 변하지 않는 현실이 있다는 사실 앞에 오래 무력해져 있었던 것 같다.

　그 친구는 내 이야기를 담담히 듣더니 무턱대고 괜찮다고 했다. 지금까지 살아온 시간들이 결코 잘못된 선택의 결과는 아닐 거라고. 민주 너는 네가 생각하는 것보다 타인에게 근사하게 보일 수 있다고. 설사 그렇지 않더라도 보이는 것도 노력하지 않거나 어려운 사람들이 있다고. 사람과 사람을 비교하는 건 잘못된 것이지만 스스로 먼저 좌절하고, 체념하고, 포기하는 것은 좋지 못한 태도라고. 그 말에 눈물을 주르륵 흘리다 자연스레 여행 이야기를 하게 되었다. 그 친구는 이미 과거에 너무 많은 나라를 여행했고, 여행을 좋아하는 친구였다. 내가 지금껏 여행한 지역을 듣던 친구는 내 비행시간만 듣고도 어느 나라로 비행을 하는지 단번에 맞혔다. 아마도 이 여행이 마지막이 될 것 같다는 나의 말에 그 친구가 말했다.

"왜, 더 여행하지. 이렇게 짧게 쉴 거야?"

"쉬면 안 되지. 우리 같이 젊은 사람들이."

"민주야. 너는 항상 너무 조급하고, 네가 열심히만 살아야 할 것 같다고 생각해. 조금 흥청망청해져 보는 건 어때?"

그 친구의 말에 처음에 나는 짜증을 냈다. 물론 그 친구와 나의 환경이 크게 달라서일 수도 있다. 그 친구의 여유에는 내가 생각하기에 많은 좋은 운들이 담겨 있었기 때문이다. 그래서 친구의 '흥청망청'이라는 표현이 조금 괘씸하게 느껴지기도 했다. 그런 기운을 감지한 것일까. 친구가 바로 덧붙였다.

"네가 한 달 정도 더 여행을 다녀본다고 하더라도 네 주변의 상황들은 변하지 않을 거야. 잠깐 한국에서의 시계를 멈추고 다녀와 보는 건 어때? 내 생각에 너는 이걸로 부족해. 더 망가져서 돌아와 봐. 많은 길을 헤매고, 더 절망하고, 지금의 너보다 더 바닥이 될 수 있음을 경험하고 와 봐. 너 그 정도로는 안 돼. 너는 더 여행해야 해."

친구의 말이 끝나기가 무섭게 탑승 게이트가 열렸다. 나는 친구에게 알겠다는 말을 대충 해놓고는 가방을 챙겨 탑승구로 향했다. 그날 비행기 안에서 모두가 잠들어 있는 동안 나는 단 한숨도 잠을 자지 못했다. 어둠만이 가득했던 구름 속을 거닐며 얼마나 많이 울었는지 모른다. 그건 온통 불확실함에 대한 두려움이자 그 친구로부터 받은 위로, 기묘한 안도감이었다.

여행을 계속 이어오고 있어서였을까. 홍콩을 여행하는 동안 마음이 편했다. 홍콩은 구글맵을 보지 않고도 척척 길을 찾았고, 처음 와 봤음에도 익숙한 인상을 받았다. 국내든 해외든 늘 게스트 하우스만 이용했는데 처음으로 호텔을 이용해서인지 몸도 얼마나 편했는지. 마음이 한결 편해

서른에는 좋아하는 곳으로 가자

져 있으니 여행을 비로소 즐길 수 있게 되었다. 무엇을 정한 것은 아니지만, 반복되는 일상이라는 생각에 속이 퍽 답답해지기도 했지만 그래서 내가 더 좋은 사람으로 성장할 수 있겠다는 확신이 생겼다.

언제나 좋은 곳에 가고 싶었다. 그건 내가 지금껏 해낸 노력에 대한 보상을 받고 싶었기 때문이었다. 홍콩은 정말 좋은 곳이었다. 숙소도 좋았고, 음식도 좋았고, 유일하게 예쁜 옷을 입고 다녔던 곳이기도 하다. 조금 대책 없는 결정이었을지도 모르지만 좋은 곳임을 알게 된 것은 그 전에 내가 수많은 여행지를 다녀보았기 때문이라는 결론도 내리게 되었다. 많은 것들을 경험하지 않으면 무엇이 좋은지, 무엇이 좋지 않은 것인지 알지 못한다. 모두가 좋다고 말한다고 해도 내가 좋지 않으면 그건 좋은 곳이라고 말할 수 없다. 홍콩에서 머물렀던 5일 동안 내가 깨달은 것은 그것이었다. 파리행 티켓은 홍콩에서 한국으로 돌아오는 마지막 날의 새벽에 구하게 되었다. 또다시 한 달간의 여행. 생각지도 못했고, 꿈꾸지도 않았던 유럽행. 파리행 티켓을 구한 이후로 아홉 개의 여행지가 새롭게 추가되었다. 통장에서 한 번도 써 본 적 없는 액수의 금액이 순식간에 빠져나갔다. 처음엔 심장이 덜컥 내려앉았으나, 그때마다 그 친구의 '흥청망청'이라는 말을 되뇌며 흐린 눈을 했다. 모든 활동을 중단했다. 그 과정에서 많은 사람들의 도움과 이해를 받아야만 했고, 그때 나를 도와주었던 사람들에게 많은 감사함을 느끼게 되었다. 파리에서 인천으로 돌아올 날은 생일인 12월 24일로 정했다. 서른 번째 생일. 그때 내가 무사히 한국에 돌아오게 된다면 무너진 것들은 뒤로한 채 지금부터 다시 차근차근 올라가자고 결심했다. 그리고 반드시 이뤄내야만 한다고 생각했던 나만의 미션을 만들었다. 그건 바로,

좋은 곳 말고, 좋아하는 곳으로 가자.

PART.2

이렇게 떠나도 될까?

조금씩 마음에 여유가 생기기 시작하자

비로소 나를 감싸안을 수 있게 되었다.

매일매일이 특별한 하루보단 소박하지만

내가 좋아하는 것들로 채우는 하루하루가

때로는 더 값지다는 걸 이제는 알겠다.

6. 가려진 운을 지났더니
새로운 세계가 있었다

인천에서 파리까지. 14시간의 비행. 그동안 잠을 자거나, 글을 쓰거나, 책을 읽었다. 쇼펜하우어의 『인생수업』과 전하영의 『시차와 시대착오』를 다 읽고 난 뒤엔 로런 그로프의 『운명과 분노』를, 그다음엔 은희경의 『새의 선물』을 반 정도 읽고는 책의 무게 때문에 그 자리에서 책을 반 정도 찢어버렸다. 영화는 〈첫눈에 반할 통계적 확률〉. 의도한 건 아니었는데 비행기에서 내려오니 온통 운명에 대한 이야기다. 운명이라니. 나는 그 이야기가 지긋지긋하다. 정말로.

나는 운명을 믿지 않는다. 운명을 믿는다고 하기에 언제나 운이 따라주지 않았다고 생각하기 때문이다. 운명보다는 기회. 지금껏 나는 기회를 잡는 사람으로 성장했다. 학부 때에도, 회사에서도. 원하는 게 있으면 둘러 말하지 않고 직접적으로, 냉정하게 요구하는 편이었다. 그러나 세상에 대해 알아갈수록, 사람을 헤아리는 마음이 넓어질수록 나의 체계적이고 이성적인 사고의 흐름이 조금씩 무너지기 시작했다. 내가 조금씩 열기 시작한 이 세계는 언제나 변수가 따랐다. 변수가 없었던 적이 없다. 사람들은 언제나 내가 생각한 대로 움직이지 않았고, 큰 산을 넘었다고 생각하면 너머에 더 큰 산이 존재했다.

줄곧 강렬한 햇빛 때문에 비행기의 창문을 닫아두다 랜딩을 위해 열어둔 창문 밖으로는 두터운 구름이 잔뜩 깔려 있었다. 비행기는 이제 조금씩 아래로, 더 아래로 내려가고 있었다. 구름을 통과하고, 통과하고, 통과하며. 한참을 보이지 않는 안갯속을 헤매는 것만 같았다. 처음엔 앞이 보이지 않는다는 답답함에 입을 비죽였는데, 나는 차츰 눈앞에 닥친 환경에 적응하기 시작했다. 그리고 생각했다. 이 구름을 지나면, 나는 정말로 새로운 땅에 발을 딛게 되겠지. 몇 분간을 헤매던 구름 속을 거니는 동안 나는 올해 내게 있었던 많은 일들에 대해 생각했다. 너무 많은 새로운 일들을 겪으며 지금까지 달려왔다. 처음 마주하는 일들. 불확실한 세계를 달리는 동안 생채기가 나기도 했고, 한 뼘 더 성장할 수도 있었다. 다시 시간을 되돌려 본다면,

처음엔 내게 닥친 많은 일들 중에 불행한 일들만 눈에 보였다. 뜻하지 않게 겪게 된 불운들. 내가 무엇인가를 손에 넣음으로써 잃어야 했던 것들. 그러나 그것이 있어 나는 지금 이곳 프랑스에 올 수 있었던 것 같다. 밀려난 것이라고, 도망치는 것이라고 생각했지만 그 끝엔 결국 나 스스로 나아가야 하는 시작점이 있었으니 말이다. 어쩌면 올해는 이렇게 될 것이 운명이었는지도. 그래서 감사했다. 나의 불운이 나를 프랑스로 이끌어 주어서. 새로운 세계로 나아갈 수 있어서. 찰나에 웃음이 나 신기한 듯 창밖을 바라보는데 옆자리에 앉은 승객이 나를 툭툭 치며 묻는다. 그녀는 아무래도 프랑스인 같았다.

"파리에 처음 와?"

그녀의 물음에 나는 눈곱을 떼야 한다는 생각도 잊은 채 고개를 끄덕이며 답했다.

"응! 나, 유럽에 처음 와!"

그러자 그녀는 내게 악수를 청하며 웃어 보였다.

"축하해. 한국만큼 즐거울 거야. 로맨틱한 도시거든. 파리는."

옆자리에 앉은 승객의 환영은 마치 프랑스로부터의 첫인사 같았다. 출국 심사를 하는 내내 피식피식 웃음이 났다. 파리의 시간은 오후 5시. 안전을 위해 우버를 부르고 기사를 기다리는 동안에도 이상하게 기분이 좋아져 콧노래가 절로 나왔다. 그래서일까. 기사로부터 "알 유 오케이?"라는 말을 들었으니까.

기사 역시 프랑스에 처음 온다는 내 말에 "굿."하며 엄지를 척 세워 보였다. 우버에서 멀미만 심하게 하지 않았다면 더 많은 이야기를 나누었을 텐데. 태어난 지 이제 5개월 된 아들이 있다는 초보 아빠 "닉"의 이야기는 언젠가 다른 지면에서 꺼낼 일이 있을 것 같다. 첫 숙소는 한인 민박. 짐을 대충 풀어놓고 가까운 슈퍼마켓에 들렀다. 갓 구워진 바게트를 입에 와앙 물며 돌아본 에펠탑의 야경.

방랑의 시작인 줄 알았는데 파리의 첫날은 온통 사랑이었다.

서른에는 좋아하는 곳으로 가자

7. 두 번, 아니 그 이상도 문제없어!

　몽롱한 기분으로 잠들어 버린 파리에서의 첫날. 다음 날 어디를 여행할지, 내가 무엇을 해야 하는지 아직 정하지 않았다. 분명한 건 나는 지금 파리에 와 있다는 것. 그리고 전날 에펠탑의 야경을 바라보았다는 것.

　모두가 잠든 새벽. 시차 적응에 실패해 꼭두새벽부터 눈이 번쩍 뜨였다. 그때부터 둘째 날의 여행 계획을 세우기 시작했다. 마침 근처에 루브르 박물관도 있으니 패스권을 끊어 루브르를 다녀오면 되겠다는 생각이 들었다. 본격 무계획 여행. 일단 파리 시내를 좀 걷고, 박물관도 둘러보고, 샌드위치를 하나 사 먹는 거야! 나는 첫날 그 계획이 아주 완벽하다고 생각했던 모양이다.

　그러나 웬걸, 시작부터 마음대로 되지 않았다. 우선은 첫

눈이 왔다. 비처럼 찔끔찔끔 연하게 내리던 눈은 어느새 거세져 눈발이 날렸다. 그날 온종일 얼마나 다리가 시렸는지 모른다. 언제나 겨울의 고요함을 사랑하는 편이었지만 그날만큼은 너무 얄미웠다. 물론 좋은 점도 있었다. 파리행 비행기를 타기 전까지만 하더라도 나는 이렇게 빨리 첫눈을 맞이할 거라고 생각하지 못했다. 여름에 물들여 놓은 봉숭아는 손톱이 자라고 자라 어느새 끄트머리에 걸쳐져 있었다. 문득, 계속해서 실패라고만 생각했던 나의 연애사에 희망이 보였다.

나는 언제나 짝사랑만 했다. 스물아홉에 찾아온 첫사랑은 고백도 제대로 해 보지 못하고 끝을 맞이했고, 이듬해 찾아온 두 번째 짝사랑은 마음을 더 오래 끙끙 앓았다. 파리로 떠나올 때쯤엔 소원을 빌 수 있는 곳이 있으면 사랑에 대한 소원만 사정하듯 빌어댔다. 그런데 파리에 첫발을 디딘 순간부터 왠지 모르게 소원이 조금씩 이루어지고 있을지도 모른다는 희망이 보였다. 왜, 봉숭아 물이 빠지기 전에 첫눈을 맞이하면 짝사랑이 이루어진다고 하지 않던가. 힛.

서른에는 좋아하는 곳으로 가자

버스를 타고 루브르까지 가는 길. 뮤지엄패스 수령 사무실을 찾느라 길을 잃고, 박물관을 찾아가느라 또 길을 잃었다. 심지어 미리 시간대별 예약을 했는데 예약이 되지 않는데다 데이터가 제대로 터지지 않아 여러 번 애를 먹었다. 9시가 되기 전에 숙소를 나왔는데, 어느덧 12시가 다 되어가고 마음은 초조해졌다.

'아, 어떡해. 시간이 너무 아까워.'

날은 춥고, 손은 시리고. 나는 발을 동동 구르며, 직원과 직원 사이를 헤매며 휴대폰만 붙잡고 있었다. 어렵사리 들어간 루브르 박물관은 신기함 그 자체였다. 역사 그 자체가 박물관 하나에 담겨 있는 듯했다. 재밌었던 점은 어릴 때 보았던 그리스 로마 신화 만화에 등장했던 그림들이 그곳에 모여 있었다는 거다. 즐거웠다. 한편 기록과 스토리 중심의 그림이 많아 그림을 볼 때마다 머리가 조금 아프기도 했다. 화장실을 제때 가지 못해 그런 것 같기도. 지하에 전시된 석고상들 사이를 헤매다 결국 복도에서 어딘가로 향하는 듯한 직원을 찾아 물었다.

"저… 화장실이 어디 있나요?"

서른에는 좋아하는 곳으로 가자

"화장실은… 밖에 있어요. 출구가 바로 앞이에요."

뭐? 화장실이 전시실 내부에 없다고? 이렇게나 사람이 많은데? 그때 나는 가까운 화장실에 가라는 직원의 말을 이해하지 못하고 출구로 나가야만 화장실에 들어갈 수 있으며, 한 번 나가면 다시는 들어올 수 없을지도 모른다는 고민에 빠졌다.

"혹시… 여기 다시 들어올 수 있나요?"

불안의 촉은 언제나 맞아떨어지지 않던가. 내 말에 직원은 마주 보고 대화를 하던 다른 직원과 뭐라 뭐라 이야기를 하더니 스읍 하는 표정을 짓는다. 그러고는 고개를 끄덕였다.

"아마도 두 번 정도는 되지 않을까요? 아니다. 두 번이 뭐야. 더 될 거예요. 거기 가서 사정을 말하면 봐줄 거예요."

"두 번이라는 거죠?"

"네. 두 번은 가능할 거예요. 우리 인생의 찬스는 언제나 두 번은 주어지잖아요. 아마 두 번보다 더 기회가 있을 겁니다."

직원은 내게 손가락 2개를 펴 보이며 파이팅하는 듯한

제스처를 취했다. 그와 동시에 나는 "메르시보꾸!" 하고 외쳤다.

두 번. 맞다. 인생에는 언제나 두 번 이상의 기회가 존재한다. 그러나 우리가 항상 서두르는 이유는 두 번의 기회에 시간의 영속성은 선택 불가능한 옵션이기 때문이다. 그래서 실수가 빚어지고, 때로는 후회하는 선택을 하게 되는 것 아닐까. 그러니 기회는 다시 두 번. 우리는 언제나 0으로 돌아올 수 있다. 중요한 건 계속할 힘을 기르는 것. 포기하지 않는 것.

첫날 여행의 기억은 서럽게 춥다는 것이다. 눈이 많이 와서 반나절은 넘게 루브르에 머물다 튈르리 정원과 콩고도르 광장을 지나 저녁에 예약해 둔 투어의 집합 장소로 향했다. 가는 길에 너무 추워 목도리도 사고, 장갑도 사고, 바지도 사며 필요한 살림을 조금씩 늘렸고, 투어지에선 처음으로 지하철 역사 안으로 내려가 지하철 패스인 나비고 카드를 구입했다.

센강을 따라 걷는 길. 노트르담 성당과 생제르맹 거리를

서른에는 좋아하는 곳으로 가자

지나 에펠탑을 배경으로 사진을 찍고 돌아가는 길. 투어한 장소 중에 가장 기억에 남는 곳은 셰익스피어 서점이다. 지금의 동네서점 같은 역할을 했던 셰익스피어 서점은 과거 프랑스의 신인 작가들에게 투자하는 것을 아끼지 않았다고 한다. 대표적으로는 헤밍웨이가 있다고 하는데, 서점에서는 책만 판매하는 것이 아니라 강연이나 다양한 행사도 함께하는 것 같았다. 서점의 좋은 기운을 얻고 싶어 에코백을 살까 고민하다 내려놓고는 집으로 오늘 길. 어쩐지 아른거리는 에코백의 잔상을 뒤로하며 아쉬움 가득 담아 숙소에서 커피와 바게트를 와앙 물었다.

그렇지만 뭐 어때. 인생에 한 번 더 그곳을 지나칠 기회가 오지 않겠어?

서른에는 좋아하는 곳으로 가자

8. 저물기 위해 뜨는 도시

　해리포터가 마법사 학교인 호그와트로 처음 가는 시작점은 킹스크로스역이다. 9와 4분의 3역에서 해리는 친구인 론과 헤르미온느도 만나고, 덤블도어도 만나고, 해그리드도 만난다. 물론, 친구라고 하기엔 동급생 수준인 말포이나 악당 중에 최고 악당인 볼드모트도 만난다. 그리고 지금, 나는 해리포터가 서 있던 그곳, 킹스크로스역에 도착했다.

　런던에 실제로 방문하기 전 첫인상은 '신사의 도시'였으나, 내가 마주한 런던의 첫인상은 '별로다'였다. 국경선을 넘자마자 파리에서도 받지 못한 '소매치기를 조심하라'는 외교부의 알림이 있었으며, 현재 조류독감이 극심해 육류나 가공류를 조심하라는 안내문이 속속들이 들어오기 시작했다. 파리에서는 받아본 적 없는 메시지들이었기에 괜히

서른에는 좋아하는 곳으로 가자

긴장이 됐다.

겁을 잔뜩 집어먹고 숙소 앞의 우버를 기다리는데 웬 남자가 내 앞에 와서 섰다. 그도 우버를 기다리는 듯 보였다. 생에 처음으로 유로스타를 타고 이동했기 때문에 진이 잔뜩 빠져 있던 나는 메고 있던 배낭과 한쪽 팔에 들고 있던 가방이 무거워 지친 얼굴로 우버를 기다렸다. 무슨 일인지 역에서 쉽게 잡힐 법한 우버는 잡히지 않았고, 나중에야 거리가 너무 가까워 잡히지 않았다는 걸 알 수 있었다. 아무튼 내 앞에 선 신사 같은 그 남자. 콧대가 오똑하고 깊이 있는 눈매에 키도 멀대같이 큰 것이 인물이 좋다. 번뜩이는 눈빛으로 주변을 둘러보던 그는 멋스럽게 뒷주머니에 손을 찔러 넣더니 담배 한 개비를 꺼내 입에 문다. 그러고는 다른 주머니에서 성냥을 꺼내 불을 붙인다. 그리고, 성냥을… 바닥에 그대로 버리는 것이 아닌가. 서울에서는 상상할 수조차 없는 장면이었다. 내가 믿기 어렵다는 듯 눈을 끔뻑이자 그는 다시 한번 보여주고 싶은지(불이 붙지 않은 것이었다) 성냥을 꺼내 바닥에 내동댕이치기 시작했다. 그제야 런던 거리의 바닥이 눈에 들어왔다. 여기저기 스크래치는 기본, 아무렇게나 뱉어놓은 껌이 바닥에 덕지덕지 붙어 있었다. 아, 겉은 멀끔한데 생각보다 지저분하구나, 런던은.

다음 날 아침, 이른 시각에 일어나 여행 계획을 세우며 투어를 신청했다. 그러나 신청한 투어마다 줄줄이 취소됐다. 투어 3시간 전에 신청했으니 할 말은 없다. 취소되는 이유는 만석이거나, 최소 인원이 모집되지 않아서였다. 런던에 대한 사전 지식이 없었으므로 나는 이른 새벽, 부엌 한 귀퉁이에 앉아 숙소 앞에 펼쳐져 있던 지도를 바라보았다. 그러다 눈에 들어온 것은 '노팅 힐'. 오래전, 동명의 멜로 영화 〈노팅 힐〉을 재밌게 본 기억이 있어 이곳을 가야겠다고 결정했다. 검색해 보니 노팅 힐 주변으로 빈티지 쇼핑으로 유명한 포토벨로 마켓도 있는 모양이었다.

숙소 근처의 빅토리아역으로 이동하는 길. 내가 받았던 빅토리아역에 대한 인상은 정말로 영국스러웠다. 분주하게 움직이는 사람들, 역 안을 돌아다니는 비둘기들. 거리로 나온 노숙자. 기차와 지하철이 뒤섞여 있던 역사 안. 노팅 힐과 포토벨로 마켓을 둘러보고, 근처에 있는 셜록 홈스 박물

서른에는 좋아하는 곳으로 가자

관까지 돌아보는 길. 평소 영국식 유머나 영국 드라마를 즐겨 봤기 때문에 비현실의 세계를 걷고 있는 것만 같았다.

생각해 보면 진짜 낭만적인 도시는 런던이 아닌가. 해리포터가 납작해져 있던 버스는 흔하고, 셰익스피어의 고장이며, 셜록 홈스는 살인 사건을 수사하고 있다. 휴 그랜트가 남색 문에 기대어 윙크하는 것은 기본, 거리를 조금만 걸어도 서점이 발에 채듯 나타나 몇 번이고 걸음을 멈춰야만 했으니까.

런던에서의 첫날은 그야말로 평소 런던에 갖고 있던 환상을 마음껏 채우는 시간이었던 것 같다. 대학 시절 즐겨보던 유튜버 언니는 두 사람 다 영국에 거주했다. 당시 언니들이 한국에 방문하면 언니를 보러 가겠다고 강의가 끝나자마자 팬밋업 장소로 달려갔던 기억이 있다. 실제로 같이 사진을 찍는 동안 무척이나 신기해했었지. 그뿐인가. '벨비타'라는 과자를 마음껏 먹으며 일을 하는 모습은 꿈꾸던 커리어우먼의 로망을 실현하고 있는 것 같았다!

손톱깎이 사러갔다
마트탐방 끝났고 호기심까지

대학생 때 즐겨보던
유투버 언니가 일하면서 먹던 과자

신상 젤리?

편의점 언니 추천템

그냥 내가 먹고 싶은데 집에 있고 싶어서

서른에는 좋아하는 곳으로 가자

9. 특별하지 않아도 괜찮잖아?

여행을 하며 가장 고치기 힘든 점이 무엇이냐고 묻는다면, 하루를 의미 없는 일들로 채워가야 하는 날도 있다는 거다. 계획했던 대로 일들이 흘러가지 않을 때, 시간과 돈을 들여 이 멀리까지 와 놓고는 정작 아무것도 해내지 못했다는 생각이 들면 금세 좌절감에 빠진다. 내가 선택한 곳은 주요 관광지거나 수도 근처였기 때문에 당일 아침에 계획을 짜도 언제나 마음에 드는 결과물을 손에 넣을 수 있었다. 그러나 장기 여행을 하는 동안 여행을 하지 않는 일도 생기게 되었다.

이를테면, 계획했던 일들이 모두 어그러지거나, 딱히 하고 싶은 일이 없을 때다. 런던에 있는 동안 보냈던 시간이 그랬다. 런던에서의 다섯 번째 날. 전날 가고 싶었던 곳을 모두 갔던 데다 해리포터 스튜디오를 가지 못하게 되면서 하루가 통으로 사라져 버린 것이다. 오전 내내 고민을 하다 내린 결정은 세인트폴 대성당을 보고 소호 거리에서 쇼핑을 하는 것뿐이었다.

서른에는 좋아하는 곳으로 가자

런던의 건물은 멋스럽고, 햇빛은 찬란하다. 기분이 좋았다. 밝은 햇살이 얼굴을 스칠 때마다 마음이 편안했다. 역시나, 런던은 나와 맞는 도시라는 생각이 절로 들었다. 지하철을 타는 것도 어쩐지 익숙했다. 따로 지도를 보지 않았음에도 역내 지하철 노선표만 보고 쉭쉭 걸어 다녔다. 소매치기가 극성이라는 이야기가 있었으나 가방 하나 메지 않고 돌아다닌 나를 보고 누구도 나를 관광객이라 의심하지 않는 듯했다. 영국에서 가장 많은 종류의 독립출판물을 취급한다는 포일스 서점도 들리고, 엠앤엠즈 런던과 레고 매장도 지나왔다. 그리고 마지막으로 한낮의 트래펄가 광장 계단에 앉아 갤러리를 구경하러 온 사람들을 멍하니 바라보다 자리에서 일어났다.

런던에서의 이야기는 이게 전부다. 파리보다 특별하지 않았고, 원했던 것들을 모두 이루지 못했다. 그런데 참 이상하지. 나는

서른에는 좋아하는 곳으로 가자

왜 런던에서의 시간이 행복했던 걸까.

런던에 있는 동안 여행에 대해 생각이 많이 바뀌었다. 한때 나는 인생과 여행이 같은 거라고 생각했다. 왜, 그런 말이 있지 않은가. 인생은 삶으로의 여정이라고. 절반은 맞고, 또 절반은 틀린 표현 같다. 매일매일이 특별한 하루보다 소박하지만 내가 좋아하는 것들로 채우는 하루하루가 때로는 더 값지다는 걸 이제는 알겠다. 여행지에 와서 괜히 시간과 돈을 아까워하며 서두르는 것보다는 다음을 기약하며 당장의 내가 좋아하고, 그 지역의 실제적인 문화와 정서를 받아들이는 과정이 더 값질 때도 있다는 것을 이제는 알겠다.

런던에서는 주로 사색하는 데에 많은 시간을 보냈다. 여행을 다니며 교환학생이거나 어학연수를 하며 만난 사람들과 우연히 이야기를 많이 나눌 수 있게 되었다. 그래서 내게 런던은 특별한 여행지가 되었다. 런던에서 썼던 글들이 참 많다. 언젠가 이곳에서 쓴 소설을 보여줄 기회가 있었으면 좋겠다고 생각한다. 또 오고 싶을 것 같다.

10. 그림을 받아들이는 시각,
사람을 이해하는 시간

벨기에를 떠올리면 어쩐지 마음에 여유가 생기고, 아름답다는 인상이 있었다. 그러나 여행지를 조사하며 벨기에의 수도인 '브뤼셀'은 치안이 매우 좋지 않다는 이야길 들었다. 이번 여행 중에 가장 두려움이 컸던 도시가 어디였느냐고 묻는다면, 브뤼셀과 암스테르담이다. 잘 알려진 정보가 없기도 하거니와 치안이 좋지 않기로 가장 많은 코멘트가 있었기 때문이다. 처음 미디역에 도착했을 때의 인상은 사실 좋지 못했다. 생각했던 것만큼은 아니었지만 역 주변 길가에서 웬 남성이 거리에서 소변을 보고 있었고(그게 뻥 뚫린 공중화장실이라는 건 나중에 안 사실이다) 보드를 타는 청소년들은 내게 인종차별적인 발언을 부끄럼 없이 해대고 있었다.

그날 저녁, 예정보다 1시간 정도 늦게 브뤼셀역에 도착했다. 온갖 걱정을 하던 차에 그 와중에 하늘빛은 어찌나 아름답던지, 분홍빛으로 물들어 있던 도시는 수줍어 보였고, 상냥해 보였다. 그 마음에 속지 않으려고 부단히 노력했던 것도 같다.

역에서 내려 구글 지도를 따라가는데 길거리가 너무 예뻐 자꾸만 찰칵하고 찍게 되는 거리의 풍경. 그런데 길 건너편에서 자전거를 탄 아저씨가 등장했다. 그는 내게 눈을 찡긋해 보이며 먼저 지나가라는 제스처를 취했다. 나는 감사하다는 의미로 고개를 숙였다. 숙소로 가는 길은 온통 하늘이 분홍빛이었던데다 거리는 조용하고, 정갈하고, 아름다웠다. 건물들이 특히 기억에 많이 남는다. 내가 가 보았던 곳들 중에 아마도 건축물이 가장 낭만적으로 지어진 도시가 아닐까 싶다. 이래저래 감상에 빠져 있는데 갑작스레 들려온 한국어.

"민박집 가세요?"

처음엔 무슨 소린가 싶었다. 주변을 둘러보니 한국인은

없고 아까 내게 길을 비켜준 아저씨가 나를 돌아보고 있지 않는가. 누가 봐도 여기 현지 사람인데?

"네!"

내 말에 그는 활짝 웃으며 말했다.

"우리 집이에요. 바로 여기. 같이 가요."

그는 열쇠를 내어 보이며 자전거를 주차해 두고는 내게 따라오라고 했다. 순간 그를 따라가도 될까 하는 의심이 들었으나 이미 내 몸은 첫 번째 문을 통과해 가는 중이었다. 민박집으로 가려면 총 세 번의 보안장치가 있었다. 열쇠를 세 번을 열어야 했다는 뜻이다. 알고 보니 부부가 운영하는 곳으로, 한국인 사장님을 마주할 수 있었다. 원래는 저녁에 나갈 계획이 없었는데 함께 방을 쓰게 된 친구들 덕분에 밤 마켓도 나갈 수 있었다. 다 덕분이다. 덕분에 그랑플라스의 야경을 볼 수 있었고, 밤하늘의 별을 세어볼 수 있었던 것 같다. 물론, 그날 밤에 뱅쇼 반 잔과 맥주 두 모금에 취해 바로 잠들어 버렸지만.

다음 날 처음의 계획과 달리 왕립미술관에서 오랜 시간

을 보냈다. 파리에 있을 때만 하더라도 그들의 자존감이 얼마나 높은지 체감할 수 있었다. 방 한 면이 사람들과 이야기로 구성된 그림들뿐이었으니까. 그곳에서 보았던 그림들, 그리고 큐레이터의 해설을 엿들으며 그림을 바라보는 시선을 키울 수 있었다. 그 무렵, 조금씩 마음에 여유가 생겼나 보다. 내가 아닌 타인의 이야기에 귀 기울일 줄 아는 사람이 되었으니까. 그때부터였던 것 같다. 신화를 받아들이기 시작한 시점 말이다. 사람을 이해하는 시각도 이렇게 키워가는 게 아닐까 싶다. 처음엔 나만을 중요하게 생각하고, 궁금하지만 나중에는 더 넓은 세상을, 주변을 둘러보고 싶어지는 것처럼 말이다.

브뤼셀에선 비누를 하나 샀다. 마침 한국에서 구매한 클렌징폼과 런던에서 구매한 샴푸가 다 떨어졌기 때문이다. 비누의 향긋한 냄새를 맡으며 가게의 직원과 사랑에 대해 이야기를 나누던 시간이 기억에 남는다. 이름도 모르는 그 친구. 어쩌면 나보다 한참은 어릴지도 모르는 그 친구가 말하길, 그랑플라스를 보러 갈 때는 반드시 예쁘게 메이크업을 해야 한다는 거다. 나는 그것을 다음 날이 되어서야 이해할 수 있게 되었다. 그랑플라스에 있으면 그 주변의 사람들이 모두 빛이 나는 듯 아름답다. 빅토르 위고가 세상에서 가장 아름답다고 한 광장이 왜 브뤼셀에 있는지도 알 듯하다.

PART 3

내가 되는 꿈

그러나, 끝까지 걸어야 한다고 생각했다.

내가 원하는 결말의 끝을 봐야지.

좋든, 싫든 말이야. 끝을 내자고 생각했다.

11. 모르는 세계로 가는 일

　브뤼셀에서 암스테르담으로 가는 열차가 유로스타가 아니라는 것을 알게 된 건 출국 하루 전의 일이다. 전날까지도 예정되어 있던 일정에 허덕이느라 정신없이 일상을 보내다 티켓을 제대로 확인하지 않은 것이다. 유로스타로 예매를 해두었던 파리~런던~브뤼셀 구간은 어떻게 해결이 되었다고 하더라도, 브뤼셀에서 암스테르담으로 향하는 경로가 문제였다. 티켓은 어딘지 모르게 허접해 보였고, 느낌상 현지 열차 같다는 인상을 지울 수 없었다.

　내가 안전하게 이동할 수 있을까? 브뤼셀에 머무는 동안에도 내내 걱정이었던 건 이 경로였던 것 같다. 그래서인지 첫날 브뤼셀에 도착하자마자 나는 사장님에게 티켓을 보여주며 이 티켓을 아느냐고 물었다. 설상가상으로 민박집 사장님도 이런 티켓은 처음 본다고, 잘 모르겠다는 말을 덧붙였다. 아니, 브뤼셀에 20년을 넘게 거주한 사람도 모르는 티켓이라고? 유로스타 한국지사에 전화를 걸어보았지만 그곳에서도 모른다는 답변만 들려줄 뿐이었다.

그냥 다시 유로스타를 예매할까? 유로스타로 예매한다면 약 80유로 정도의 금액을 지불해야 했다. 안전한 게 좋지 않을까? 하는 생각이 들었는데 그때 사장님이 아무래도 IC 열차 같다며 걱정하지 말라는 답변을 들려주었다.

"너무 걱정이 많은 편인 것 같아. 내가 보기엔 인터시티라고, 한국의 KTX 같은 열차 같은데, 유럽 간 이동하는 그 열차의 티켓 같아요. 센트럴역에 가서 한번 물어봐요. 유로스타보다 더 나은 티켓일 수도 있어."

사장님의 그 한마디에 긴장이 조금 풀렸으나 이어 민박집에 묵는 다른 친구들도 이 열차에 대해 잘 알지는 못하는 듯했다. 두려움을 안고 출발한 센트럴역. 체크인 시간이 필요한 유로스타와 다르게 인터시티는 조금 더 간소화가 되어 있어 일찍 도착할 필요가 없었다. 12시 출발. 그전에 마지막으로 브뤼셀에서 둘러보고 싶은 곳들을 찾아 둘러보기

서른에는 좋아하는 곳으로 가자

시작했다. 황금빛으로 물들어 있던 그랑플라스의 전경도 한 번 더 보고 오줌싸개 소녀 동상도 보고, 민박집 사장님이 추천해 주었던 쇼핑센터도 둘러보았다. 와플 가게의 고소한 향내를 맡으며 잠시 스타벅스에 앉아 있었다. 근처 편의점에서 직원의 추천을 받아 벨기에 대표 간식을 추천받기도 했다. 인터시티는 유로스타와 비교할 수 없이 지저분한 편이라는 이야기가 있었지만 실제로 내가 생각했던 것만큼 더럽지 않았고, 유로스타보다 더 편했던 것 같다. 이후에 헤이그에 갈 때에나 잔세스칸스에 갈 때 나는 인터시티와 스프린터를 편하게 이용하곤 했다.

암스테르담이 종점인 열차가 아니었기 때문에 잔뜩 긴장하며 몇 번이고 옆자리의 승객들에게 역 명을 물어봤던 것 같다. 옆자리에 앉은 승객은 영국 억양을 지니고 있었다. 50대 정도로 추정되는 4인 노부부였는데, 내가 자주 두리번거리다 간식을 까먹다, 책을 읽다, 모자를 고쳐 쓰며 위치를 물어보니 나를 귀여워하며 자기들도 암스테르담에 내린다며, 도착하면 알려주겠다고 말하며 안심시켜 주었다.

암스테르담 센트럴역 역시 사전 조사 때에는 브뤼셀보다 더 위험하다는 소문을 들었었다. 그래서 잔뜩 겁을 먹고 있었다. 그런데 웬걸, 내가 처음 마주한 네덜란드의 첫인상은 매력적인 강인함이 엿보이는 도시였다는 거다. 거리 곳곳엔 약에 취한 사람들이 돌아다니고, 홍등가는 불이 꺼질 줄을 모르며 밤거리가 가장 위험한 도시라는 인상이 있었다. 그런데 그날 마주했던 첫인상은 '아름답다'였다. 처음 파리에서 느꼈던 감정보다 더 감동적인 행복이 몰려오는 듯한 인상을 받았다. 그래서 나는 숙소를 찾아야 한다는 생각도 잊고 입을 헤벌레 벌리며 한참이나 눈앞의 풍경을 바라보았다.

인생 첫 트램을 타고 숙소로 이동하는 길, 가는 길에 마주했던 암스테르담 곳곳은 내가 방문했던 그 어느 곳보다 현대적이었다. 아마도 네덜란드의 수도이기 때문에 더 그렇지 않았을까 싶다. 거리는 젊은이들로 북적였고, 행복감에 땅이 들썩이는 나라가 있다면 바로 이곳 네덜란드가 아닐까. 평소였다면 오후 다섯 시가 넘어가는 시각이었기 때

문에 숙소에 가만히 붙어 있었겠지만 내가 경험한 암스테르담의 첫인상은 서울의 저녁과 비슷했다. 숙소에만 가만히 있기엔 몸이 근질거리고 시간이 아까워 거리로 나왔다. 모르는 길을 따라 한참을 걸었다. 발이 닿는 대로 걷다 보니 반고흐 미술관이 보였고, 그 옆에는 커다란 스케이트장이 있었다. 하얀 원반 위 사람들은 모두 행복한 얼굴로 스케이트장 안을 열심히 달리고 있었다.

인터시티 열차를 이용하며, 나는 그동안 내가 모르는 세계에 대해 얼마나 보수적이고 큰 불안감을 안고 지내왔는지에 대해 되돌아보았던 것 같다. 세계는 여전히 모르는 것 투성이고, 모르는 것들 앞에서 새로운 세계로 나아가는 일은 귀찮고, 어렵고, 두려운 것투성이이지만. 이런 일들을 겪어나가며 앞으로 나는 조금 더 용기를 가지게 될 것 같다.

12. 이 세계의 끝까지 가 보자

헤이그에 대한 첫인상은 내가 암스테르담에 대해 느꼈던 것과 유사했다. 고요하고, 정갈하게 정리되어 있는 도시. 자전거를 타고 다니는 사람들, 거리에 누워 있는 노숙자. 우중충한 날씨와 풍경. 강물 위에 떠 있는 썩은 낙엽들. 조금 걷다 보니 한국어 간판이 눈에 보였다. 몇 곳의 한식당을 지나니 보이는 이준열사기념관. 그곳은 그가 한때 묵었던 호텔을 개조하여 만든 공간이었다. 문을 열기도 전에 도착해 20분이라는 시간이 남아 주변을 빙빙 돌다 제시간에 맞춰 도착하니 이미 와서 사진을 찍는 한국인 관광객들이 눈에 보였다. 그런데 문제는 그들이 벨만 누르고 들어가지를 않는다는 거다. 내가 들어가려 벨을 누르자 옆에 있던 사람들이 말했다.

"안에 아무도 없는 것 같아요."

"네?"

"몇 번이고 노크를 하고, 문을 두드렸는데도 인기척도 없어요."

나는 그럴 리가 없다며 벨을 누르고 손으로 문을 두드렸다. 그러나 반대편에서는 아무런 기척이 없었다.

"이상하네…. 오늘 휴무일이 아니에요. 심지어 벌써 문을 열었어야 하는데 말이에요."

"나도 모르겠네. 11시에 문을 열려나? 오늘은 휴일이 아니라 일찍 열어야 하는데…."

싸한 기운이 그들과 나 사이를 지나가는 듯했다. 나는 사진으로만 보았던 상상 속의 내부를 떠올렸다. 문을 열고 들어가면 가파른 계단이 하나 나온다. 그리고 나면 호텔 방의 객실이 차례차례 기념물들로 꾸며져 있다.

"우리는 카페에 가서 조금 기다리려고요. 아니면 내일 와야죠. 시간은 조금 촉박하지만. 헤이그에 왔는데 이곳을 지나칠 수 없지."

그들은 그 말을 남기고는 카페가 있는 곳으로 사라졌고,

나는 자리를 뜨는 대신 조금 더 기다려 보기로 했다. 30분 남짓한 시간이 지나고 어느덧 11시가 지난 시각. 헤이그에 이것 때문에 왔는데 이렇게 시간을 지체할 수 없다고 생각했다. 그 좋은 암스테르담도 내던지고 왔는데! 이렇게 시간을 허비하다니. 이렇게 포기할 수 없다는 생각이 들었다. 구글 지도를 보니 연락처가 하나 남겨져 있었다.

'국제 전화 함 걸어봐?'

통화 요금에 몇 번을 망설이다 걸었던 전화. '할로.' 네덜란드의 인사가 들린다. 통화를 받은 사람은 나이가 지긋한 할머니로 보였다. 나는 순간 영어로 말을 해야 할까, 아니면 한국어로 해야 할까 고민하다, 조심스레 한국어로 이야기하기 시작했다.

"저… 안녕하세요! 저 여기 문 앞에 와 있는데요! 혹시 오늘 휴무일이실까 해서요! 전화드려서 죄송해요. 여기 너무 와보고 싶어서…!"

내 말에 할머니는 갑자기 '아, 이런!' 하고 탄식을 내뱉으시더니 미안하다는 말을 반복했다. 순간 불길했으나 이어 들려온 이유에 나는 안도의 숨을 내쉬었다.

서른에는 좋아하는 곳으로 가자

"내가 암스테르담에 사는데, 스히폴 공항 쪽에 열차 지연이 심각했어요. 그래서 평소보다 늦게 도착할 것 같아요."

늦게? 얼마나 늦게? 암스테르담으로 가는 직행열차는 오후 4시 반 경이 막차였고, '늦는다'는 말에 나는 눈에 휘둥그레졌다. 할머니는 내 목소리만 듣고도 눈치를 챘는지 걱정하지 말라며 이미 10시 30분에 열었어야 하는 문을 11시 30분쯤 도착해 열어줄 수 있을 것 같다고 했다. 시간을 보니 11시 25분. 할머니는 이미 헤이그역에 도착하신 상태에서 전화를 받으신 것이다.

"아, 그렇다면 천천히 안전하게 오시길요! 빗길이라 조금 미끄럽습니다."

할머니는 이곳을 찾아온 한국인이 있는데 어떻게 느리게 가겠냐며 빨리 달려오겠다는 말을 덧붙였다. 말끝마다 숨소리가 조금씩 빨라지는 것이 서둘러 오는 듯한 모양새였다. 괜스레 미안한 마음이 들었다. 오다가 꽈당하고 미끄러지시면 어쩌지? 손이 시려 장갑을 낀 손을 호호 불며 괜히 운동화를 픽픽 차며 기다리는데 멀리서 보랏빛 깃털을 꽂은 할머니 한 분이 내게 손을 흔들며 인사를 해왔다.

"여기예요, 여기!"

할머니는 나를 보더니 코가 빨개져 있다며 내 팔의 한쪽을 쓰다듬었다. 아이고, 학생 추웠겠어. 할머니는 바닥이 젖어있는 줄도 모르고 가방을 내려놓더니 열쇠를 찾기 시작했다. 이어 들려오는 전화벨 소리. 할머니는 전화는 나중에 받겠다며 내게 태극기를 한번 걸어보지 않겠느냐고 제안하셨다.

"12월의 첫 손님이잖아. 내가 첫 오픈할 때 손님이 기다리면 특별히 태극기를 달게 해주거든요. 한번 해 보지 않을 테야?"

할머니의 말투는 조곤조곤 천천히 들려왔고, 정확했고, 또렷했다. 할머니는 내게 긴 나무 막대기를 손에 쥐어주며 태극기를 꽂는 법을 알려주었다.

"카메라 줘 봐요. 내가 사진도 찍어줄게."

나는 혹여 태극기가 망가지거나 나무 막대기로 건물에 스크래치를 낼까 조금 두려웠지만 맘 크게 먹고! 태극기를 걸었다. 별거 아닌 거였는데, 이국에서 역사적인 장소의 태극기를 건다는 게 참 신기하기도 하고, 벅찬 기분이 들었던

것 같다. 한국인이라는 거, 잘 체감되지 않는데 이럴 때 보면 신기하다는 생각이 든다. 아마도 태극기를 달고 출전하는 국가대표 선수들이 이런 벅찬 감정을 느끼겠지?

헤이그의 명소는 대부분 늦게 문을 열었다. 미술관도 1시에 문을 열고, 일주일에 단 2시간 문을 연다는 스피노자 생가도 오후 2시가 되어야 문을 연단다. 이준열사기념관을 나오니 1시간 정도 붕 떠버렸다. 잠깐 점심을 먹을까하다 전날 검색해 둔 정보로, 여기서 조금만 트램을 더 타고 가면 해변을 볼 수 있다는 걸 기억해 냈다. 앞으로는 내륙으로만 갈 예정이기 때문에 만약에 바다를 보게 된다면 이곳이 마지막이지 않을까 싶었다. 그러고 보니 유럽의 바다를 본 적이 없었다.

암스테르담에서 헤이그까지 이동하는데 든 금액은 약 14유로 정도. 충전해 두었던 카드의 잔액이 충분하지 않은 듯 보였고, 헤이그는 암스테르담보다는 덜 발달되어 있는지 충전소 찾기가 어려웠다. 그러니까 나는 거의 바닥인 잔고로 헤이그의 끄트머리까지 갔다 와야 했던 것이다. 만일

서른에는 좋아하는 곳으로 가자

바다를 보더라도 10분 남짓한 시간만 쓸 수 있었다. 조금 불안했지만 여기서 그런 제약 때문에 포기하고 싶지 않았다. 가 보자. 그래, 가고 싶은 곳을 가야지!

여러 여행지를 머물고 계획을 짜면서 어떻게 해야 할까 오래 고민하는 루트들이 있다. 어느 날은 여행을 떠나기도 전에 계획을 세우느라 시간을 다 써버려서 정작 현재의 투어를 즐기지 못해 후회할 때도 있다. 그러나 여행을 하다 보면 진짜 중요한 결정들은 순식간에, 단번에 내려버리는 것 같다. 내가 이곳 유럽에 오는 것도 너무나 예측 가능하지 못한 곳에서 내린 결정이었고, 순식간에 내린 결정이었으니까. 헤이그의 바다에 가려했던 것도 마찬가지였다. 예상한 적도 없었고, 가려는 용기도 없었다. 그러나 나는 그곳을 향해 나아가고 있었다.

트램을 타고 마지막 정거장까지. 목표물은 해변가 근처의 알지 못하는 미술관을 지정해 두었다. 탈 때부터 돌아오지 못할까봐, 다음의 계획이 모두 어그러질까 조금 불안했으나 그날 나는 꼭 바다를 봐야겠다는 확신이 들었다. 30

분 정도의 이동 끝에 도착한 곳. 트램에서 내렸을 땐 비바람이 몰아치고 있었고, 설상가상으로 우산을 챙기지 않아 눈앞이 흐릿했다. 날은 어찌나 춥던지. 그러나 멀리서 맡아지는 익숙한 냄새. 바닷가 특유의 물비린내가 풍겨오기 시작했다. 갈매기의 울음소리도 들렸다.

10분 남짓한 거리를 더 걷는 동안 수없이 망설였다. 지금이라도 돌아갈까? 나는 왜 이렇게 쓸모없는 것을 보겠다고 가끔 고집을 부릴까. 주변엔 관광객이라곤 한 명도 보이지 않았다. 아니, 사람 자체가 없었다. 날은 우중충하고, 세상에 혼자 남은 것만 같은 외로운 기분이 들고, 몇 번이고 망설였다. 지금이라도 돌아갈까?

그러나, 끝까지 걸어야 한다고 생각했다. 내가 원하는 결말의 끝을 봐야지. 좋든, 싫든 말이야. 끝을 내자고 생각했다.

어렵사리 마주한 첫 파도. 살면서 그렇게 신성해 보이는 풍경을 본 적이 없다. 당시 내 기분이 그랬을 수도 있겠지만 그날 내가 본 바다의 풍경은 환희 그 자체였다. 그 어떤

것도 없던 해변가. 동물의 발자국만이 남겨져 있던 모래사
장. 주변은 공사장이었고, 아주 멀리 관람차가 보였다. 비
바람은 거짓말처럼 그쳤다. 눈앞의 풍경은 그저 아름다웠
다. 평화로웠다. 오직 나만이 볼 수 있는 소중한 한 장면 같
았다. 묘했다. 그리고 경건해졌다. 나는 그날 여러 장의 사
진을 찍는다는 것도 잊은 채 잔잔하게 덮쳐오는 파도를 바
라보기만 했다. 트램의 시간을 맞추려면 도착하자마자 바
로 발걸음을 돌려야 했기 때문이다. 단 몇 분을 위해 1시간

을 쓴 것이 아깝지 않을 정도로 좋았다. 헤이그의 바다. 유럽의 해변. 나 홀로 걸어야 했지만, 외로웠지만 오직 나의 것. 나는 그날 그것이 앞으로 내가 걸어야 하고 도전해야 하는 인생의 과제 같다고 생각했다.

그날 마우리츠하위스에서 〈진주 귀걸이를 한 소녀〉를 본 것도 인상적이었고, 다시 네덜란드로 돌아와 담 광장과 왕궁을 본 것도 멋있었고, 야경을 따라 걷다 목도리를 입안 가득 꽉 물며 걸었던 홍등가도 기억에 많이 남지만, 내 기억에 진실로 많이 남을 것은 아마 헤이그의 바다가 아닐까 싶다.

13. 이해하다 보면,
사랑하게 되어 버려

　많은 사람을 만나는 직업을 가지게 되다 보니, 자연스레 사람에 대해 은근한 차별을 할 때가 있다. 그러니까 나의 차별은 사랑하는 정도의 크기다. 어떻게 노력해도 마음의 정이 붙지 않는 사람이 있다. 지금보다 더 어릴 때에는 그 사람의 마음에 들기 위해 노력하거나, 그 사람을 더 다정한 시선으로 바라보기 위해 노력했던 것 같다. 그때에는 나의 노력이 실패로 돌아갔을 때 더 좌절을 크게 경험하기도 했으나 지금은 그때보단 성숙해진 편이다. 그렇다고 생각한다.

　베를린이 내게 그런 도시였다. 독일에 대한 기대가 너무 컸던 탓일까. 일주일이라는 긴 시간 동안 독일에 머무르면서 나는 좀체 이 고요하고, 침울한 정서에 쉽사리 적응할 수 없었다. 어떠한 소음도 허락되어 있지 않은 듯한 도시.

서른에는 좋아하는 곳으로 가자

첫날 숙소 근처의 마켓에서 장을 보며 너무 조용하다 못해 고요해 마음이 짓눌리는 듯한 느낌을 받았다. 거리는 깔끔하고, 멋있었는데 숨을 쉬기가 어렵다는 생각이 들었다. 그저 빨리 이곳, 독일을 벗어나고만 싶었다. 이상한 기운에 검색을 해 보니, 베를린 여행을 '다크투어리즘'이라고 부르는 사람들이 있었다. 지나간 역사를 감추지 않는 도시. 부끄러움을 인정할 줄 아는 도시. 아픔을 전시할 줄 아는 도시가 바로 베를린이었다.

숙소에서 조식을 챙겨 먹고, 그동안 미뤄뒀던 빨래도 해 놓고 느지막이 나서는 길. 브란덴부르크 문과 홀로코스트 기념비를 보고 나니 마음은 조금 더 무겁다. 하늘은 푸르고, 사람들은 모두 생기가 있는데 도시는 조용하다. 얼마나 고요하냐면 거리에 지하철이 조용히 흘러가는 바람 소리만이 들릴 정도니까. 말로 표현할 수 없다. 고요하다. 그래서 우울감이 느껴졌다.

그날 밤 숙소로 돌아와 같은 방을 쓰는 친구들과 이 이야기를 나누었다. 모두들 베를린이 생각했던 것보다 더 우울

해서 놀랐다고 했다. 우리는 이야기를 나누다 곧 그 이유를 알아냈다.

'베를린은 너무도 우리의 현실과 닮았어. 그래서 불편했던 건지도 몰라.'

베를린은 어떤 면에선 서울과 닮았고, 내가 돌아가야 하는 현실과 많이 닮아 있다. 우리가 우울했던 건 어쩌면 그

서른에는 좋아하는 곳으로 가자

런 이유 때문인지도 모르겠다고. 내 말에 모두 고개를 끄덕였다. 그날 그 방을 함께 썼던 친구들은 내 또래였고, 나와 같이 회사를 그만둔 지 얼마 되지 않아 가장 먼 곳으로 여행을 떠나고 싶어 독일에 왔다고 했다.

드레스덴은 예정에 없던 행선지였다. 첫째로 베를린에서 편도로만 약 3시간 남짓한 거리에 있었기 때문이다. 한편 하루 정도 일찍 체코로 넘어가 버릴까 하는 생각도 했다. 그 정도로 베를린을 이해할 수 없었다. 다시는 마주하고 싶지 않은 기분을 마주하는 곳이 베를린이었기 때문이다.

그것은 마치 나와 맞지 않는 사람을 대할 때와 같았다. 나는 나와 맞지 않는 사람을 마주할 때면 더 조심하고 거리를 두는 편이었다. 그래서 상대방의 입장에선 쉽게 가까워지기가 힘들었을 것이고, 좋은 면들을 제대로 보지 못하고 지나칠 때도 많았을 것이다. 시간이 흘러 조금씩 사람을 헤아리는 자세를 가지게 되면서 종종 아쉽게 스쳐지나갔던 인연들을 떠올렸다. 마찬가지로 베를린을 여행하며 느꼈던 불편함도 어쩌면 내가 선입견을 가지고 먼저 쉬이 마음을 열지 않기 때문은 아닐까 싶었다. 그래서 결정을 내릴 수 있었다. 한 번 더 이 도시를 이해해 보겠노라고. 앞으로도 사람을 바라볼 때마다 내 입장에서 단번에 결론을 내리기보다는 먼저 타인의 눈높이에서 조금씩 이해해보지 않겠느냐고.

나는 베를린에 시간을 조금 더 두고, 이곳을 천천히 알아가 보기로 했다. 내가 독일에 예정대로 머물게 된 건 그 이유였다.

서른에는 좋아하는 곳으로 가자

14. 이면의 시간

　이른 새벽 눈을 비비며 터미널로 가는 길. 춥고, 비도 오고, 심지어 배까지 고프다. 7시 출발이었기 때문에 6시 45분이 되자 거짓말같이 정류장엔 플릭스버스가 도착했다. 버스 앞에서 오들오들 떨며 표를 보여주고 자리에 앉았다. 그제야 졸음이 쏟아지기 시작했다. 잠시 눈을 붙이고 키보드를 꺼내 글을 쓰기 시작했다. 그런데 몇 문단 쓰지도 못해 나는 키보드를 가방 속에 넣을 수밖에 없었다. 휴대폰으로 날아온 한 통의 메일.

　'드레스덴에서 베를린으로 가는 버스가 취소됐어. 너 이제 베를린 못 가.'

　9시쯤 도착한 메일이었으므로 이미 나는 드레스덴에 한참이나 내려와 있었다. 순간 걱정이 됐다. 베를린에 다시 못 돌아간다고? 나는 오늘 짐을 아무것도 챙겨 오지 못했는데? 이런 상황을 예측하지 못했던 건 아니었다. 플릭스버스는 자체적으로 티켓을 취소하는 것으로도 악명 높은 곳이었으니까. 문제는 이런 당황스러운 상황을 쉽사리 받아들이기 어려웠다는 거다.

바로 다음 티켓을 알아보는데 다시 메일이 왔다. 내 표가 다음 열차로 배치가 되었다는 거다. 시각은 원래 출발하기로 했던 3시보다 2시간 늦은 5시. 걱정이 되어 표를 알아보니 1시 50분 버스표가 남아 있다. 바로 그 티켓을 이중으로 예매했다. 그때는 돈이 문제가 아니었다. 베를린으로 돌아갈 수만 있으면 된다고 생각했던 것 같다.

드레스덴에 도착했을 땐 10시쯤이었고, 2시 차를 타기까지는 약 4시간 남짓한 시각. 서둘러 강을 넘어 잼버 오페라하우스와 츠빙거 궁전, 미술관과 레지던스 궁전을 둘러봤다. 인터넷으로 알아보길 드레스덴 마켓은 현지 휴무일이라고 했는데, 미술관에서 티켓을 사며 직원에게 드레스덴 마켓에 대해 슬쩍 물어보니 손으로 어딘가를 가리키며 오늘 저녁 9시까지 운영한다고 했다.

그날은 쉬지 않고 온종일 걸었던 것 같다. 드레스덴은 궁전 양식을 볼 수 있다는 점에서도 매력적이지만 가장 유명한 건 크리스마스 마켓이다. 드레스덴 마켓은 독일에서도 유명하지만, 크리스마스 때에만 되면 주변 유럽 국가들 중에서도 가장 유명한 곳이라고. 와인을 사면 머그잔을 받을 수 있는데, 돌려주고 보증금을 돌려받거나 아니면 기념으로 가져갈 수도 있다고 한다. 나는 와인 대신 '칠드런 티(아마 포도 주스를 끓인 게 아닐까 싶다)'를 홀짝이며 마켓을 둘러봤다.

파리와 런던, 브뤼셀과 암스테르담의 마켓을 둘러보는 동안 쇼핑 자체에 재미를 느끼진 못했던 것 같다. 그러나 드레스덴의 마켓은 정말 화려하고, 볼거리도 많고, 먹어보고 싶은 것도 많았다. 그중에 도넛도 있었다. 인터넷에서 봤는데, 드레스덴에 오면 꼭 먹어봐야 한다고. 혹시 전통 음식인가 싶어 물어보는데 나보다 나이가 어린 듯 보이던 직원이 고개를 갸웃한다. 그러고는 옆에 있던 어머니뻘의 직원에게 묻는다. 알 수 없는 독일어가 난무하던 가운데 조금 찜찜한 표정으로 내게 말해주던 아주머니.

"그… 이게… 전통까지는 아니고… 뭐, 이런 데 오면 하나쯤 먹어서 나쁠 게 없지."

그러니까 양심적이었던 아주머니는 이 음식이 한국에서 '회오리감자'급 정도라고 설명했다.

"진짜 전통을 맛보고 싶다면, 저쪽에 가서 슈톨렌을 먹어봐요. 드레스덴에 오면 슈톨렌을 먹어야지. 마침, 크리스마스고, 마침 새해니까."

바닐라 도넛과 소시지가 들어간 바게트 빵을 와앙 물고, 따뜻 달콤했던 칠드런 티까지 홀짝이며 고개를 돌리는데 나보다 한참은 어려 보이는 친구가 슈톨렌을 잔뜩 늘어놓고 무어라무어라 쾌활하게 중얼거리고 있었다. 슈톨렌? 들어본 적이 있었다. 슈톨렌은 독일에서 유명한 빵 중 하나로, 설날에 먹는 떡국 같은 개념이다. 슈톨렌을 듣기만 했지, 실제로 비싸서 먹어본 적이 없었던 것 같다. 그 말을 듣고 몇 번 더 마켓을 돌다 슈톨렌 가게로 갔다. 남자는 나를 보더니 슈톨렌에 대해 자랑하기 시작했다.

"우리가 원조예요! 여기 이 금박 표시 보이죠?"

남자는 내게 눈을 찡긋하며, 몇 그램 줄까요? 하고 물었다. 나는 다시 한 번 더 확인할 요량으로 이게 전통 음식이 맞느냐고 물었고, 그는 고개를 세차게 흔들며 그렇다고 했다.

드레스덴 마켓과 아우구스 마켓을 급하게 지나니 딱 맞게 도착한 정류장. 그런데 웬걸 휴대폰으로는 알림이 오지도 않았는데 무려 1시간 넘게 버스가 지연된다는 거다. 예상했지만 현실이 되니 문득 짜증이 치밀었다. 더 보고 싶은 것들이 많았는데, 실로 반가운 투어 하는 감정이 느껴졌는데, 너무 아쉬워서 눈물이 날 뻔했던 것 같다. 그래도 표가 취소되지 않은 게 어디냐며 가슴을 쓸어내렸다.

문제는, 내가 가진 티켓과 정류장에 쓰여 있던 표기가 다르다는 거였다. 혹시 내가 잘못 왔나? 유명한 길치였기 때문에 충분히 가능성이 있었다. 이럴 줄 알고, 처음에 궁으로 가기 전에 출발지를 확인했는데, 막상 다르니 어떻게 해야 할 줄을 몰랐다. 나는 옆에 서 있던 여자에게 내 표를 보여주며 물었다. 그는 이탈리아에서 온 사람이었는데, '그러게…' 하며 자신과 나의 표가 다름을 이상하게 생각했다. 불안했다. 나 오늘 베를린 못 가는 거 아니야? 베를린이 불편해 떠나왔지만 막상 못 간다고 생각하니 별로인 기분이 들었다.

한참을 서성이다 안 되겠다 싶어 주변을 둘러보는데 옆에 노부부가 서 있었다. 그들도 여행객으로 보였는데 이야기하는 걸 들어보니 독일어 같았다. 나는 조심스럽게 인사를 하며 그들에게 물었다.

"혹시 여기가 제가 있어야 하는 정류장이 맞나요?"

내 물음에 할아버지는 자신은 영어를 못한다며 아내에게 한번 물어보는 게 좋겠다고 한다. 할머니는 내 표를 보더니 맞다며 고개를 끄덕인다.

"그런데 왜 정류장과 제 티켓 표기가 다르죠? 할머니가 가진 티켓과 제 티켓에 쓰여 있는 표기도 다르고요!"

그도 그럴 것이, 내가 가는 건 베를린 센트럴 스테이션이라 쓰여있는데, 할머니가 가지고 있는 표와 정류장의 전광판에는 베를린 'ZOB'이라 쓰여 있다. 한참을 이해하지 못했는데, 알고 보니 'ZOB'은 독일어로 '센트럴 스테이션'이라는 뜻이란다. 그제야 다른 언어들도 다들 독일어로 표기되어 있었다는 사실을 알게 되었다. 독일은 대부분의 언어가 자국의 언어로 표기되어 있다. 알파벳과 비슷하게 생겨자칫하면 내가 길을 잘못 가고 있다고 오해하게 될 수도 있을 것 같았다.

"다행이에요. 저 플릭스버스 처음 타 봐서 너무 불안했어요."

"우리도 버스를 타고 이렇게 온 건 처음이라, 지연이 너무 심하네. 나쁜 버스!"

노부부와 나는 내가 가져온 사탕을 나눠 먹으며 잠자코버스를 기다렸다. 사람들이 점점 역 주위로 몰려들었다.

그날 버스는 정확히 1시간 30분 늦게 도착했다. 출발이늦었기 때문에 숙소로 돌아온 시간도 늦었다. 그렇지만, 나는 그날 드레스덴에 간 것을 후회하지 않는다. 베를린에 머무는 동안 기억에 많이 남을 것 같은 도시였다. 그날 나는숙소로 돌아가 내게 드레스덴을 추천해 주었던 친구에게연락을 했다. 좋았다고. 알려주지 않았다면 아마 드레스덴의 매력을 몰랐을 것 같다는 말도 덧붙였다.

괴테는 드레스덴을 '독일의 피렌체'라고 불렀다고 한다. 이탈리아의 피렌체는 내가 곧 가게 될 도시이자, 에쿠니 가오리의 소설 『냉정과 열정 사이』의 주 무대이기도 하다. 내가 경험한 드레스덴은 시간이 멈춘 듯한 도시였고, 다시 시간이 흐르게 된다면 아마도 낭만적이라는 느낌을 주는 도시였다.

드레스덴을 다녀온 이후로, 독일이 조금씩 좋아지기 시작했다. 다음 날의 계획은 서점 둘러보기. 독일은 자동차로도 유명하고, 장벽이나 건축물로도 유명하지만 문학으로도 유명한 나라가 아닌가. 불과 몇 시간 전까지는 프라하로 빨리 넘어가 버릴까 고민했지만, 이제 나는 베를린에 한 발짝 더 가까워진 듯했다.

서른에는 좋아하는 곳으로 가자

15. 사랑은 밤에 피어나거든요

프라하는 거리의 풍경만 보더라도 숨을 헙, 하고 멈추게 만드는 도시였다. 파리가 낭만에 물들어 있다면, 프라하는 낭만에 취해 있는 도시라고 감히 말할 수 있을 것 같다. 그래서 나는 프라하에 머무는 것이 되레 힘들었다. 너무 연약하고, 낭만적으로 보여서.

캐리어 없이 여행을 시작했기 때문에 한 손에 가득 짐을 든 채 거리를 걷는데 터미널에서 나오자마자 바로 배시시 웃음이 났다. 평화롭고, 사랑스러운 분위기. 프라하의 첫인상이 그랬다. 특별하거나 대단히 아름다운 것을 본 것이 아닌데 포근한 기운이 느껴졌다. 여유로움이 가득한 곳. 사랑에 빠지기 쉬울 것 같은 곳. 그곳의 분위기가 그랬다. 베를린에서 프라하로 넘어오면서 너무 분위기가 달라져서일까.

그 낯간지러운 느낌에 익숙해지는 데 시간이 걸렸다.

숙소 체크인을 했는데도, 일찍 도착했다. 1시가 되지 않은 시각. 남은 시간 동안 무얼 할까 둘러보는데 야경 투어가 있 단다. 조금 몸이 힘들긴 했지만 일찍 온 김에 뭐라도 하고 싶었다. 당일 예약이 가능한지를 물어보는데 곧바로 돌아 오는 대답. "물론이죠!"

프라하는 체코의 수도이자, 구시가지와 신시가지를 한눈

서른에는 좋아하는 곳으로 가자

에 볼 수 있는 도시이기도 하다. 도시의 분위기가 가장 크게 획획 바뀌는 곳이기도 하고, 대부분의 사람들이 유럽 하면 떠올리는 이미지에 가장 근접한 도시이기도 하다. 그리고 프라하는 역사책에서나 볼 법한 그 유명한 인물, '카를 4세'의 동상과 카를교가 있는 곳이다. 작은 도시였기 때문에 실은 큰 기대가 없었다. 그저 발레 공연을 조금 보고, 맛있는 것을 먹으며 시간을 보낼 생각이었다.

트램을 타고 강을 건너 프라하성 근처의 골목골목을 둘러보며 투어 시간까지 기다리고 있었다. 카프카 뮤지엄을 들리고, 근처의 쿠키샵에서 시간을 보내고, 마침 카를교 근처에 마켓이 크게 열려 저녁도 해결하고, 길거리 공연도 보고, 남은 시간에 카페에 앉아 글을 몇 편 썼다. 저녁 시간이 되어 투어 장소로 집합하는데 멀리서 봐도 내향성이 짙게 풍겨오는 가이드쌤이 수줍게 인사를 한다. 말없이 나눠주는 수신기를 모두들 말없이 착용하고 걷는 길. 가이드쌤은 구글맵에도 없는 공원으로 한밤에 우리를 끌고 간다. 사람이 아무도 다니지 않는 길. 처음엔 조금 당황했다. 내가 지금 이 길로 가는 게 맞는가? 어쩐지 투어가 저렴하다 싶더니, 혹시 이상한 곳으로 가는 건 아니겠지? 심지어 가는 길이 가파르기까지 해서 이 낭만적인 곳에서 무슨 밤 등산을 하나 싶기까지 했다.

"프라하는 야경을 봐야 하는 도시예요. 사람들은 프라하성 쪽에서 야경을 많이들 보지만, 여기 동네 사람들만 아는 야경 맛집이 있죠. 여긴 동네 사람들도 잘 안 다녀요."

다들 서로의 눈치를 살피며 조심조심 따라가는데 선생님의 한마디에 아아, 하며 고개를 끄덕인다. 정말로 강아지 한 마리도 다니지 않는 길에 그녀를 따라 15분 정도 더 걸으니 나오는 탁 트인 풍경. 한밤의 프라하성과 시내 전망은 내가 봤던 야경 중에 손에 꼽을 만큼 예뻤다. 야경의 황홀함에 취해 콧노래를 부르고 있는데 가이드쌤이 카메라를 달라며 사진을 찍어주겠다고 한다.

"혼자 올 때 이렇게 사진 찍고 가야죠."

프라하성과 수도원, 그리고 카를교와 오페라하우스, 시민회관과 화약탑까지. 천문시계 앞의 마켓까지 둘러보는 길. 국가 간 이동을 하는 날은 시간 제약으로 할 수 있는 게 없어 아쉽다고 생각했는데 그날 시간을 내어 참여했던 야경 투어는 대만족이었다. 찍힌 사진을 다시 돌려보며 웃었다. 그러자 앞서가던 선생님이 대뜸 몸을 돌려 우리에게 말하는 게 아닌가.

"내일 아침에도 여기 공원에 올라가 보세요. 아침 풍경도 매우 볼만하거든요. 프라하는 치안이 서울보다 안전해요. 가끔 개가 다닐 순 있는데, 개들은 사람한테 관심 없어요."

"그래도 사람이 너무 없으면 위험…."

"야경이든, 풍경이든 이런 건 사람이 드문 곳에서 봐야죠, 둘이!"

가이드쌤은 그 말과 함께 내게 눈을 찡긋해 보인다. 그때까지만 해도 나는 그게 무슨 말인지 이해하지 못했다. 다음 날이 되어서야 알게 되었지.

아, 여긴 신혼여행지구나!

서른에는 좋아하는 곳으로 가자

PART 4

좋아하는 곳으로 가자

네 단어를 좋아해 주는 사람들을 아는 게 중요한 거야.

그들을 지켜.

그들과 함께하면 돼.

16. 함께할 틈을 만든다는 것,
   동행

문화나 환경이 익숙했던 아시아와 달리 유럽에선 상당히 몸을 사리며 여행을 했다. 유튜브나 SNS를 통해 사전 지식을 습득했다고 하더라도 가이드 없이, 이렇다 할 전문가 없이 여행을 한다는 것의 위험성을 알고 있기 때문이었다. 동양인 여성으로 홀로 여행을 하는 것은 역시나 쉽지 않은 일이다. 그래서인지 혼자 다닐 때에는 대체로 해가 질 무렵이면 숙소로 돌아와 하루를 정리하거나 일찍 잠에 들었다. 그리고 다음 날 9시가 넘어 해가 완전히 밝아졌을 때에야 외출을 하곤 했다.

그런데 여행을 하며 밤거리를 여행한 적도 몇 번 있다. 대체로 동행이 있을 때였다. 브뤼셀에서의 여행을 시작으로 함께 숙소를 묵고 있는 친구들과 시간이 맞아 밤 마켓을 구경할 수 있었다. 유럽의 밤거리를 산책하는 건 여행을 통틀어 많지 않았기에 나는 우연처럼 동행이 구해질 때마다 신이 나 있었다. 언제나 크리스마스 마켓은 밤이 더 화려하고, 퇴근 시간이 넘어 대중교통을 이용하면 사람들의 들뜬 정서가 느껴지기 때문이다.

유럽에 온 지 24일 차. 이곳은 빈이다. 실은 아침에 일찍 일어나 밥을 챙겨 먹었지만 뭘 먼저 해야 할지 모르겠다는 생각이 들었다. 일단은 유명하다는 벨베데레 궁전 먼저. 숙소에 비치되어 있던 안내서와 인터넷 검색을 하며 찾아낸 몇몇 곳을 정하고, 도서관 정도 가고. 아침은 숙소에서 나오는 한식으로, 저녁은 미리 오트밀 포리지를 사두었다. 심했던 감기는 방을 함께 썼던 룸메이트 덕분에 회복되고 있었고, 24일 차의 여행 컨디션은 쏘쏘다. 좋다고 말하지 않는 이유는, 여행의 권태감이 찾아왔기 때문이다.

내가 상상했던 빈은 화려하고, 퍼포먼스로 뒤범벅된 도시라는 인상이 있었으나 실제 경험했던 빈은 베를린과 별 차이가 없어 보였다. 조용하고, 안정적인 도시. 걷다 보면

서른에는 좋아하는 곳으로 가자

종로 거리를 걷고 있다는 인상을 받을 때도 있었는데 그래서인지 별 흥미를 느끼지 못했고, 미술관이나 궁전을 방문할 때도 별 감흥이 생기지 않았다.

"이따가 같이 카페 가요!"

벨베데레에서 미술품을 구경하고 있는데 낯익은 인상이 눈에 들어온다. 어제 오후에도, 오늘 아침에 외출할 때도 함께 엘리베이터를 타고 내려온 친구다. 가볍게 인사를 하고 반대편 궁전으로 가려는데 그 친구로부터 나중에 시간이 된다면 카페 자허에 같이 가지 않겠느냐는 제안을 받았다. 시간을 보니 그 시간에 뭘 하고 있을지 모르겠다는 생각이 들었다. 혹여 입장권을 사고 어딘가에 들어가 있을 때 마주한다면 시간을 맞추기 어려울 것 같았고, 무엇보다 자허는 줄이 길게 서 있는 곳이니까.

여행 중 한 번도 먼저 동행을 구해본 적이 없었다. 첫째로 동행을 구하면 그 사람과 발을 맞춰야 한다는 사실이 부담스럽기 때문이다. 시간을 맞추고, 함께 기다리고, 감정을 살피고, 양보를 해야 하는 일. 여행을 하는 이유는 나의 갈증을 해소하고 자유롭고 싶어서인데, 동행을 하면 그 모든 것에 제약이 생기지 않는가. 둘째로 당시에 일과 여행을 병행 중이었기 때문에 급한 일이 생겼을 경우에 동행에게 미안한 일을 만들고 싶지 않아서. 무엇보다 동행을 구하면 무언가를 같이 먹어야 하는데, 여행을 하며 나는 식욕이 크게 있는 편이 아니었고, 주로 길거리 음식을 먹으며 이동 시간을 최소화하는데 더 시간을 쓰는 편이었다. 여러모로 동행과는 맞지 않는 인간이 나인 것이다.

나는 확답 대신 근처에 있게 된다면 보자는 식으로 연락처를 알려주었다. 인연이 된다면 다시 볼 수 있을 거고, 그렇지 않다면 못 보지 않을까. 언제나 사람과의 관계에서도 나는 그런 편이었던 것 같다. 그리고 왕립도서관에 있는 동안 연락이 왔다.

"언니, 저 지금 근처인데 카페에서 볼까요?"

다행히 왕립도서관에서 카페 자허까지는 걸어서 5분 거리. 옷매무새를 정리하고 바로 도서관에서 나와 카페로 향했다. 아니나 다를까. 카페에는 줄이 길게 늘어서 있었다.

약 30분 정도로 기다려 입장한 카페. 카페 자허는 오스트리아에서, 그것도 비엔나의 3대 카페 중 한 곳이라고 한다. '자허토르테'라는 케이크는 비엔나커피와 더불어 오스트리아의 명물이라고 한다. 그리고 자허가 '자허토르테'의 원조 카페라고.

오스트리아를 여행하며 유럽에서 카페의 역할은 '살롱' 같다는 인상을 종종 받곤 했다. 지금이야 한국에서도 살롱, 커뮤니티 문화가 대중화되어 있지만 과거의 우리는 카페에서 집단으로 이벤트를 하기보단 간단한 용무를 보거나 일을 하기 위해 들르지 않았던가. 실제로 카페 자허에서 멀지 않은 카페는 카페 자체에서 북토크 같은 이벤트가 다수 기획되어 있고, 그 연령대 또한 다양하다고 한다.

자허에서 만난 친구와 이런저런 이야기를 나누고 헤어지는 길. 오스트리아에 오면 꼭 먹어보아야 한다는 초콜릿을 종류별로 하나씩 입에 물며 또다시 거리를 걸었다. 그 친구도, 나도 저녁엔 함께 마켓을 보러 가기로 한 일행이 있었기 때문이다. 그전에 잠시 스와로브스키 매장도 들리고, 슈테판 성당도 구경하고 빠르게 시청 근처로 이동했다. 전날 함께 음악회를 갔던 친구들과 밤 마켓을 보러 가기로 했기 때문이다. 생각해 보니 그날은 하루 종일 혼자가 아니었다.

사람들과의 시간 약속을 지키려다 보니 마음이 촉박해지고, 무언가 경험을 얻은 것이 아닌 그저 사람들과 이야기를 나누며 시간을 보내기만 한 것 같다는 생각이 들었다. 동시에 오스트리아에 왔는데, 내가 제대로 여행을 하고 있는 것이 맞나? 하는 의심도 들었다. 아무렴, 마켓에서 맛있어 보이는 것도 구경하고, 귀여운 조명이나 쇼도 보며 시간을 보내다 춥고 배가 고프기도 하고, 예상했던 것보다 더 넘쳐났던 인파에 휩쓸리다 한적한 레스토랑에 들어왔다. 슈니첼을 먹기 위해서였다. 슈니첼은 독일식 돈가스다. 슈니첼과 굴라쉬, 그리고 이것저것을 주문해 놓고 이야기를 나누고, 또다시 슈테판 광장 근처 마켓을 돌다 하루를 마무리. 숙소로 돌아오니 몸이 천근만근이다.

함께한다는 것.

생각해 보면 나는 함께하는 것보단 무엇을 혼자 하는 것

서른에는 좋아하는 곳으로 가자

을 더 편하게 여겼던 것 같다. 무엇을 함께하는 과정에서 나의 미숙함이나 부족함으로 인해 타인에게 피해를 주고 싶지 않은 마음이 가장 컸고, 두 번째로는 내가 불만족스러운 일이 있을 때 그것을 매번 참는 쪽이 되는 것 같다는 생각이 들어서였다. 무엇을 맞추고, 기다리고, 나와 맞지 않는 편을 상대해 가는 것이 혼자 하는 것의 외로움보다 더 스트레스의 크기가 컸던 건지도. 여행을 하며 느낀 점이 있다면 나는 언제나 혼자인 것을 효율적으로 생각해 왔다는 인상을 받았다는 거다. 함께하는 것의 즐거움이나, 함께하는 것의 따뜻함을 잘 모르는 사람.

학교든 어디에서든 언제나 리더를 맡는 편이었기 때문에 나는 내가 리더십이 있는 사람이라고 생각했는데, 여행을 하며 내 스스로에 대해 고개가 갸우뚱해졌다. 어떻게 보면 나는 함께하는 것을 회피하고 싶어 언제나 혼자인 쪽을 선택했던 건 아니었을까? 환경이 그랬던 게 아니라, 내가 그것을 선택한 것이 아니었을까 하는 생각.

여행에서 돌아온 후 달라진 점이 있다면 '리더십' 관련 책이나 인사이트를 얻기 위해 프로그램을 신청했다는 사실이다. 나는 더 이상 내가 누군가를 잘 이끈다는 오만에 빠지지 않기로 했다. 그리고, 힘들더라도. 싫더라도. 모르는 길을 가 보는 걸 두려워하지 않기로 했다. 함께하는 것이 별로여도 때로는 함께해야 하는 순간들도 있는 거니까. 그런 순간들도 잘 견뎌내고, 열심히 배워내야 더 나은 사람으로 성장할 수 있지 않을까?

서른에는 좋아하는 곳으로 가자

17. 산타 마리아 노벨라 성당 앞에서
   엉엉 울어버렸다

이번 여행에서 가장 신경을 썼던 구간이 있다면 바로 빈에서 피렌체로 향하는 루트였다. 빈에서 피렌체까지. 거리만 해도 상당한 데다 대부분의 여행자라면 선택하지 않는 루트다. 차나 버스를 타기에는 너무 많은 시간이 소요된다. 어쩌면 다시 오지 못할 여행지에서 나는, 내가 가고 싶은 곳을 선택하고 싶었다. 빈에서 이탈리아의 도시를 여행하게 된다면 대부분은 베네치아에 갈 것이다. 지도상으로도 유리한 데다 베네치아는 관광도시 그 자체이니까. 여행을 준비할 때만 해도 고민이 많았다. 너무 당연한 선택지를 앞에 두고, '이탈리아'라는 나라 자체에 대한 흥미가 없었기 때문이다. 게다가 '로마'와 '베네치아'를 여행한 이들이 남긴 치안에 대한 이슈를 보고 있으면 걱정을 넘어 진절머리가

날 정도였으니까.

피렌체를 선택한 이유는 단순했다. 두오모 성당에서 내려다보는 피렌체의 풍경이 편안하게 기억되었기 때문이다. 로마도, 베네치아도, 밀라노도 관심이 없었지만 그나마 피렌체가 다음 여행지로 눈에 들어왔다. 빈에서 피렌체로 가는 비행기는 빈 공항에서 하루에 단 한 대. 비행기값만 무려 50만 원인 데다 티켓을 구매할 시점이 한 달 전이었으니 자리가 없었다. 만약 가지 못한다면 베네치아에 가자는 마음으로 수시로 항공 예매 사이트를 찾아다녔다. 피렌체의 다음이 마지막 여행지인 취리히였으므로 피렌체에 갈 수 있는 방법을 연구하는 데 시간도 신경도 많이 쏟았다. 정말 운이 좋게 며칠 동안 애를 쓰다 구하게 된 티켓. 그러나 티켓을 인쇄하고 여러 번 확인했음에도 여전히 마음 한 구석에는 불안이 뒤따랐다. 다른 여행자들은 그날 운이 나빠 교통수단을 놓치더라도 대체가 있었는데, 피렌체는 없었던 데다 일주일 뒤에 한국에 가야 했기 때문에 피렌체로 가는 길도, 피렌체에서 다음 여행지인 취리히로 가는 루트에도 예민할 수밖에 없었다.

몇 개월 동안 나라 간 이동을 그렇게 많이 했음에도 이동하는 날이면 온종일 긴장이 되어 음식을 제대로 먹지 못했다. 그날도 그랬다. 공항에 일찍 갈 필요가 없는데 굳이 새벽부터 일어나 씻고, 이모님께는 미리 아침을 먹지 않겠다고 이야기를 해두었다. 그런데 이모님은 시간이 넉넉하다며 오스트리아에서의 마지막 한 끼를 한식으로 먹으라고 말씀 주신다. 나는 잠깐 고민하다 식탁에 앉아 이모님이 차려주신 아침을 먹었다. 잠깐이나마 반가웠던 인연들과도 인사를 나눴다. 든든하게 배를 채우고 모든 준비를 마치고 떠나려는데 이모님이 나를 잠깐 불러 세우더니 포옥 안아주었다. 그러고는 말했다.

"나는 아마도 앞으로도 평생 여기 빈에서만 살게 될 거야. 피렌체에 가게 된다면 사진을 좀 보내 줄래? 궁금하구나. 그 낭만적인 도시는 어떻게 생겼을지."

나는 고개를 끄덕이며 이모님을 더 포옥 안아주었다. 현관을 나서 지하철역으로 향하는데 마음이 싱숭생숭했다. 마음 같아서는 이탈리아로 가고 싶지 않았다. 별 흥미도 없는 이탈리아! 빈에서 좋았던 건, 유일하게 동행을 하기도

서른에는 좋아하는 곳으로 가자

했고, 사람들과 어울려 다니는 시간이 있었다는 거다. 빈에 오기 전까지만 해도 중간중간 일을 하면서 돌아다닌 데다, 사람들과 어울리는 것보단 내가 보고 싶은 것, 하고 싶은 것들을 내 맘대로 하느라 동행의 즐거움을 알지 못했다. 그래서 빈에 있는 동안 왜 혼자서만 다니고, 혼자서만 모든 걸 해결하려 했던 걸까, 하는 후회가 잠깐 밀려왔다. 그렇지만, 티켓을 조정하기엔 시간이 너무 늦어버렸다. 나는 시무룩함에 입술을 쭉 내밀며 비행기를 탔다.

잠깐의 졸음을 견디니 점점 이탈리아의 땅이 보이기 시작했다. 오스트리아와 다르게 하늘에서 내려다본 이탈리아는 한눈에 봐도 기온이 따뜻해 보였다. 비옥해 보이는 땅과 녹빛의 식물들은 탐스러워 보이기까지 했다. 유럽을 여행하며 느끼건대, 어릴 때 보았던 그리스·로마 신화 속 묘사들은 정말 실제다. 같은 하늘이고 같은 땅이라고 생각했건만, 유럽의 빛과 색채는 정말로 다르다. 하늘에서 이탈리아를 내려다보며 홍콩에서 느꼈던 감정과 비슷한 기분을 느꼈다. 황홀하다. 하늘에서 내내 내려다보며 이탈리아에 대해 부정적인 시각을 가지고 있던 내 자신이 부끄러워졌다. 제대로 알지도 않고 삘이 오지 않는다는 이유로 첫인상에 섣부르게 배제하려 했다니…!

피렌체 공항에 도착했을 땐 예상과 다른 풍경에 사뭇 놀 랐다. 큰 도시라고 생각했는데 실제로 마주한 모습은 작 고 황량했기 때문이다. 북적이고 소란스럽고, 정신없는 풍 경을 상상했건만, 고요하고, 침착하고 안온한 느낌을 받았 다. 트램을 타고 숙소에 짐을 풀고 나니 오후 3시가 조금 넘은 시각. 이탈리아인 남편과 한국인 아내가 운영하는 숙 소는 아기자기하고 세심하고, 예뻤다. 무엇보다 깨끗해서 좋았고, 전기장판이 깔려 있어 밤마다 어찌나 뜨뜻하던지. 옆자리의 침대를 쓰는 룸메이트들은 모두 외출 중이고, 시간이 애매해 집에서 시간을 보낼까 하다 일단 외출을 해 보기로 했다. 영화 〈냉정과 열정 사이〉 속 유명 촬영 장소 인 베키오 다리까지 가 보자. 편안한 마음으로 음악을 들으 며 목적지 없이 무작정 걷기 시작했다. 커다란 광장이 나오 고, 어스름히 해가 지기 시작하고, 분위기는 여유롭고 조용하다. 목적 없이 걷다 보니 도착한 곳은 한 커다란 성당 앞. 처음엔 그게 두오모인 줄 알았는데 산타 마리아 노벨라란 다. 그 성당 앞에 섰는데, 주변엔 사람이 많지 않고 날은 춥지 않아 얇은 경량 패딩 하나만 걸치고 살랑살랑 걸어왔을 뿐인데 광장에 들어설 때부터 눈물이 차오르기 시작하더니 줄줄 흐르기까지 한다. 온종일 두근거리던 마음이 차분해 지면서 긴장이 확 풀리고, 다리에 힘도 풀려 주저앉아 버리고 말았다. 그 거리에 앉아 눈물을 주륵 흘렸다. 비로소 안도의 마음이 들었나 보다. 속으로 외쳤다.

'다 왔어 민주야, 정말 잘했어. 진짜진짜 잘했다. 여기까지 못 올 줄 알았는데, 네가 해냈어!'

그날 저녁, 벅찬 마음으로 숙소에 돌아와 빈 숙소 이모님 께 베키오 다리 사진과 안부를 전했다.

"피렌체는 정서적 안정감이 느껴지는 도시예요. 그리고 멋스러워요. 이탈리아는."

잠시 후 이모님에게 답장이 왔다.

"너무 멋지다, 그런데 나는 네가 더 멋지다. 민주야."

서른에는 좋아하는 곳으로 가자

18. 나는 지금 여기, 혼자 서 있어!

"피렌체에 가세요? 그러면 두오모 성당을 미리 예약해 놔야 할 텐데⋯."

2주 전, 베를린을 여행할 때 함께 조식을 나눠 먹었던 룸메로부터 들은 충고다. 그는 마침 베네치아에 거주하고 있었고, 드레스덴에 출장을 온 김에 베를린이 궁금해 이곳까지 왔다고 했다. 베네치아나 피렌체나 이탈리아 땅바닥이 똑같지 싶어 이것저것 물어보는데 내가 피렌체에 간다고 하자마자 꼭 두오모 성당에 오르라고 당부하던 그 사람. 사실 여행을 떠나기 전에도 두오모 쿠폴라는 꼭 오르라는 지인의 격한 추천이 있었다.

"두오모에 오르면 눈물이 날 거예요. 민주 씨라면!"

아침에 눈을 뜰 때마다 여행 계획을 짜다 보니 마침 그날 아침에 눈을 뜨자마자 그 이야기가 머릿속을 둥둥 떠다녔다. 맞다! 두오모! 내가 피렌체를 방문했던 시점이 비수기이긴 하였으나 전날 민박집 사장님도 내게 두오모는 미리 예약해 두는 편이 좋다고 언질을 주었었다. 내가 여기저기 길을 잃고 헤매느라 제대로 보지 않은 게 문제라면 문제겠지만….

숙소에서 피렌체의 유명 관광지는 모두 걸어서 갈 수 있는 거리. 심지어 역에서 5분 거리에 기차역도 있다. 티켓을 구매할 수 있는 사이트를 열어보니 내가 구매하고 싶은 티켓은 온라인 기준 전부 매진. 전날 저녁에 가 보고 싶었던 베키오 다리도 가 봤다. 무엇을 해야 할지 모르겠어서 나는 문을 열지 않은 식당가의 계단참에 쪼그리고 앉아 휴대폰 앱을 켰다. 그리고는 피렌체 여행 코스를 검색했다. 피렌체는 생각보다 한국인이 많이 찾는 도시이기도 하다. 에쿠니 가오리의 소설 『냉정과 열정 사이』의 주 무대이기도 했던 데다 동명의 영화로 제작이 되며 아시아에서 사랑받은 도시이기도 하니까. 무엇보다 낭만의 나라 '이탈리아'의 가장 로맨틱한 도시이지 않은가. 그러나 내가 경험한 피렌체는 낭만보다는 지능적인 도시라는 생각이 들었다. 우선 위

서른에는 좋아하는 곳으로 가자

치상으로 주요 도시의 거점에 위치해 있어 상업이 발달할 수밖에 없다. 피렌체에서는 밀라노와 베네치아, 그리고 로마 등 주요 도시를 가는 길목에 있다. 큰 강이 도시의 가운데 있어 물품을 운반하기도 용이하다. 그래서인지 피렌체의 골목 대부분은 상점가가 대부분이었고, 곳곳에 이국적인 풍경을 간직하고 있다.

영화 〈냉정과 열정 사이〉 로맨틱 코스! 이것저것 앱에 소개된 여행 코스를 둘러보는데 눈길을 끄는 기획. 영화 속 배경지를 직접 찾아보는 코스라고 하길래 호기심이 돋았다. '로맨틱'. 아, 좋지 로맨틱! 나 지금 로맨틱은 없고 그냥 '틱'만 있어. 지금 나한테 너무 틱틱거리는 거 같아. 영화 속 배경은 산티시마 안눈치아타 광장부터 시작해 두오모 성당을 지나 미켈란젤로 광장에서 끝이 난다. 미켈란젤로 광장에서는 피렌체의 전경을 한눈에 볼 수 있다. 휴대폰을 열고 〈냉정과 열정 사이〉 플레이리스트를 튼다. 볕은 좋고, 공기도 좋고, 곳곳에서 고소한 밀가루 냄새와 향긋한 시럽의 향기가 풍긴다. 내 눈앞으로 도트 무늬가 그려진 옷을 입은 아기가 아장아장 걸음마를 하고 있다. 갑자기 내 마음이 몽

글몽글 낭만적으로 변했다.

산티시마 안눈치아타 광장은 〈냉정과 열정 사이〉 속 헤어진 연인이 처음 재회를 하는 씬에 등장한 배경지다. 영화 속에서는 한층 멋있게 자란 남녀가 서로를 바라보고 복잡 미묘한 감정 상태에 빠지지만 현실의 나는….

"아니, 여기는 왜 이렇게 까마귀가 많은 거야?"

낭만은커녕, 오전 8시라 그런지 사람도 별로 없다. 괜스레 너무 일찍 잠이 깬 할아버지 몇몇이 앉아 손뼉까지 쳐가며 수다를 떨고 있다. 낭만은 없고, 여유는 많다. 보여줄 사람도 없는데 괜히 메이크업을 공들였나 싶어 실망한 표정으로 주변을 둘러보는데 그 와중에 빛은 또 너무 예뻤다. 피렌체의 풍경을 눈에, 카메라에 담았다.

두오모 성당에 도착했을 때 혹여 티켓이 매진일까 걱정했는데, 다행히 티켓 오피스를 찾아가 보니 바로 10분 뒤에 오픈되는 티켓이 있었다. 두오모 성당은 단계별로 입장 코스가 세 곳이 있었는데 나는 풀코스를 택했다. 풀코스는 두오모 성당에서 가장 높은 곳까지 올라가는 코스다. 다른

서른에는 좋아하는 곳으로 가자

여행 때에도 마찬가지였지만 나는 가장 높은 곳에서 전경
을 바라보는 것을 좋아한다. 망설일 게 없었다. 티켓 직원
은 내게 계단의 개수가 엄청 많다는 건 알고 있느냐고 재차
물었고, 나는 내 두 다리를 두드리며 상관없다고 답했다.
사람들은 모른다. 내가 한때 얼마나 많이 달리고, 얼마나
많은 계단을 올랐는지. 내 말에 직원은 정말 근엄하고 단호
한 표정으로 힘들면 꼭 내려와야 한다는 말을 반복했다.

　그렇게 올라가게 된 피렌체 두오모 쿠폴라. 약 30분간

계단만 오르는데 열 명 남짓한 사람들 중 중간쯤에 서 있던 내가 가장 먼저 계단을 오르게 되었다. 처음부터 그럴 생각은 아니었는데, 정신을 차리고 보니 좁은 계단 복도에는 나만 서 있고, 아래편에서 희미하게 사람들의 숨소리가 들린다. 낮은 욕지거리도, 웃음소리도, 속삭이는 소리도 크게 울려 퍼진다. 일단 올라가. 더 올라가. 돔을 오르는 길에도 표지판도 무엇도 없고, 그저 좁은 복도뿐이다. 나는 명확한 목적지도 없이 그저 내 앞에 주어진 길만 올랐다. 오르는 길이 힘들지도 않았던 데다, 다른 사람들처럼 숨이 차지 않았다. 다들 체력 꽝이네. 아니면 아침에 먹은 젤라토가 당이 높았나? 그런 생각을 하며 가장 먼저 돔에 올랐다. 아름답다는 표현으로는 부족했던, 경이롭고 마음이 꽉 채워졌던 눈앞의 풍경. 관광지인데 왜 사람이 없지 싶어 한 바퀴를 빙 도는데 정말로 돔 위에 나밖에 없다. 그렇게 3분 남짓한 시간을 전경만 바라보고 있는데 문득 눈물이 흘렀다. 깨닫게 된 것이다. '이건, 나의 실수일지도 몰라. 사람들이랑 함께 오르지 않고, 나 혼자 온 거였구나. 이건 자랑거리가 아니야.'

서른에는 좋아하는 곳으로 가자

지난 3년 동안 빠짐없이 매일 5km를 5초대로 달렸다. 일주일 내내 10km를 달리던 날도 있었다. 나는 다른 사람들에게는 관대하면서 내게만 혹독했다. 덤벨을 들 때도 이를 악물고 개수를 꽉꽉 채워 운동을 했다. 내가 생각해 둔 운동량을 채우지 못할 때면 마음속으로 조건을 걸었다.

'오늘 이거 다 못 하면, 공모전에서 떨어지는 거야.'

'오늘 이거 못 하면 네가 좋아하는 그 사람이랑 잘 안될 거야.'

그런 조건들이 쌓이고 쌓여 지금까지 온 것이다. 체육 선생님은 내가 음식도 잘 먹고, 잘 자고, 적당히 운동해야 한다고 했다. 그때마다 나는 이렇게 말했다.

"저는 해야 하는 일이 많아요. 그래서 포기할 수 있는 게 잠밖에 없어요, 선생님."

그 말을 하던 날에도 내가 자랑스러웠다. 모두가 걸을 때 달려야 나아갈 수 있는 거라고 대답하는 걸 좋아했다.

그러니 쿠폴라에 올랐을 때에도 힘듦이 없었던 것이다. 그곳에서 경이로운 풍경을 홀로 내려다보는데 이 세상에 나 혼자 남겨진 듯한 기분이 들었다. 외로움이 한꺼번에 몰

서른에는 좋아하는 곳으로 가자

아치는 것 같았다. 모두들 함께 손을 잡고, 어깨를 감싸고, 서로의 거친 숨을 나누며 함께 오르는데, 나는 여기 나 혼자 올라 세상을 내려다보고 있는 것이다. 그때 한 가지를 다짐했다. 앞으로는 조금 느리게 올라가더라도 절대로 혼자 올라가지는 않겠다는 것. 사람들과 발을 맞추고, 나와 함께할 사람을 위해 조금 더 천천히 걷기 위해 노력할 것. 진정한 여유는 함께 하는 사람들을 진심으로 챙길 수 있는 마음에서 시작되는 것이 아닐까.

19. 서울입니다,
출근 언제부터 가능한가요?

스위스 물가가 비싼 줄은 알고 있었지만 이렇게나 비쌀 줄이야. 티켓이야 원래 유럽 전체가 비싼 편이었고, 취리히에 머무르며 물가가 정말 비싸다고 생각했던 건 교통비였다. 1시간 트램을 이용하는 데만 1만 원이 넘었던가. 크리스마스 마켓을 돌면서 연분홍색 비니가 갖고 싶어 하나 집어 가격을 물어봤는데 79프랑? 너무 마음에 들었는데 화들짝 놀라며 내려놓기를 반복. 호텔 조식을 미리 신청해 둔 게 정말 다행이라고 생각했다.

여행 계획은 늘 아침에 조식을 먹으며 세웠기 때문에 그날 아침에도 별생각이 없었다. 여행 막바지라 그런지 조금 지치기도 했고, 한 달 동안 집 밖을 나와 최소한의 짐으로 다니지 않았던가. 게다가 취리히는 스위스에서 교통·경제의 중심지로 많이 머무르는 곳이지 이렇다 할 관광지는 아니다. 취리히를 고른 이유는 첫째로 여행지를 정할 때 마지막 여행지인 만큼 내 안전을 중요하게 생각했고, (베른에 가고 싶었는데 위험하려나? 하는 생각이 있었다) 조금 편한 곳을 선택하고 싶었다. 이 부분은 나중에 후회를 많이 했다. 스위스는 자연경관을 봐야 하는 곳인데. 너무 안전을 택한 것 같다. 두 번째로는 나는 왜 취리히를 스위스의

수도라고 생각하고 있었는지 모르겠다. 나는 휴양지보다는 도시가 좋았다. 일본과 대만, 홍콩을 여행하며 느낀 건데 새로운 나라를 방문할 때마다 빌딩 숲으로 꽉꽉 채워진 도시를 걸을 때 눈이 반짝이고 힘이 났다. 출근하는 사람들, 긴장된 분위기. 꺼지지 않은 불빛. 휘몰아치듯 멈추고 나아가는 열차. 그리고 현지인에게서 복잡하고 소란스러운 생각들을 하는 힘이 느껴질 때마다 기분이 좋았다. 나도 그속에 있고 싶었다. 대화를 나누지 않더라도, 그곳에서 오는 막연한 소속감을 즐기고 싶었다. 그때 생각했다. 다시 회사에 가야만 한다고. 이제는 몸을 일으켜야 한다고 생각했다. 계속 이렇게 주저앉아 있거나 도망가 있을 수는 없지.

라인폭포를 선택한 건 전날 안면을 튼 호텔 직원의 추천이 있었기 때문이다. 한국인의 평점이 높아 예약하게 된 호텔. 직원이 대뜸 내게 여긴 한국인이 참 많이 오는 것 같다고 하길래 한국의 숙소 예약 앱을 보여주며, 여기 평이 좋더라 어떻더라 이야기부터 시작해서, 내 생일을 알려주며 크리스마스 마켓 추천도 받는 너스레를 떨었다. 그와 이야기를 나누다 문득 그가 말했다. 스위스의 경관을 보고 싶다면

서른에는 좋아하는 곳으로 가자

라인폭포를 가 보라고. 유럽에서 가장 큰 폭포여서 가면 스위스가 제대로 느껴질 거라고도 덧붙였다. 어떻게 가면 되느냐고 대책 없이 묻는 내게 숙소 바로 앞에 서울역 같은 큰 기차역이 있는데, 그곳에 관광 안내소가 있다고, 거기 가면 티켓도 더 합리적으로 구매할 수 있을 거라고 말해주었다.

이른 아침부터 관광 안내소에 가자 사람들이 벌써 줄을 서서 기다리고 있었다. 라인폭포까지는 약 1시간 거리. 구글맵을 보니 갈아타는 방법도 있고, 한 번에 가는 방법도 있었는데 우선 티켓값이 너무 비쌌다. 1시간 거리에 편도로 5만 원이나 지출해야 한다니. 그건 아니지 싶어 관광객을 위한 티켓이 있지 않을까 하는 생각이 들었던 것이다. 물어보니 마침 그런 게 있었다. 티켓 하나로 라인폭포도 갈 수 있고 하루 종일 교통수단을 이용할 수 있는 티켓이 있었다. 한화로 약 7만 원 정도였던가. 그렇게 기차를 타고 가는 길. 폭포로 가는 길은 조금 시골길로 들어가는 경로라 사람이 그렇게 많지는 않았다.

기차 안에서 바깥의 풍경을 가만히 바라보고 있는데, 바깥의 풍경은 정말 스위스 같았다. 우선 푸릇푸릇한 색감은 한국에서는 좀체 볼 수 없는 스펙트럼에 속해 있는 것 같았고, 하늘빛 역시 그 초록의 색감에 너무도 어울리는 풍경이었다. 집집마다 크리스마스 느낌이 나는 건축 모양도. 가축도. 논과 밭도. 내 앞으로 또래의 사람들이 옹기종기 모여 수다를 떨고 있는데 그 순간이 어찌나 평온하던지. 여행의 막바지라 그런지 뭘 해도 후련하고 기분 좋음. 취리히에 있는 동안 막연히 진짜 스물아홉이 끝나간다는 인상을 받았다. 이제 정말로 서른을 맞이하면 되겠구나 하는 안도를 하기도 했다. 이십 대의 마지막. 스물아홉이 내게는 엉망진창이기도 하겠지만 그만큼 알록달록해서 환하게 빛이 날 수밖에 없는 색감이 되겠구나. 돌아가면 이제 뭐라도 잘 해낼 수 있을 것 같았다. 봐! 곽민주! 유럽을 무려 크게 한 바퀴를 돌았잖아! 이렇게 용감하고 씩씩한 사람이 어디 있어! 내게 칭찬을 좀 많이 해주자!

창밖 풍경을 향해 주먹을 불끈 쥐는데 휴대폰 벨이 울렸다가 끊겼다. 뭔가 싶어 확인해 보는데 직전에 퇴사를 했던 회사였다. 곧 메신저로 연락이 왔는데, 지금 잠깐 연락이 가능하겠느냐고 했다. 실은 이미 몇 차례 연락이 와 있었던 것이다. 연락을 놓쳤던 것은 당시 서울로부터 되도록 플러 그를 빼고 싶은 마음 때문이었다.

"민주 대리. 혹시 한국에 오면 연락할 수 있을까요? 다시 우리 회사로 출근을 부탁해도 될까요?"

회사로부터 온 연락. 그는 내게 한국에 돌아오는 일정을 물었고, 귀국하자마자 통화를 하고 싶다고 했다. 그리고 재 입사에 대한 이야기도 잠깐 나누었다. 통화를 마치고 난 뒤, 다시 창가를 바라보는데 빠르게 달리는 열차 밖으로 몸 과 마음이 멍해졌다. 힘이 쭉 빠졌다. 꿈인가, 뭔가. 이게 뭐지? 전혀 생각지도, 예측하지도 못한 상황이었기 때문이 다. 그때 처음으로 '운명'에 대해 생각해 봤던 것 같다. 운명 이란 건 내가 싫다고 놓아버려도 자꾸만 손에 쥐어지는 것 인가. 내가 소설가를 못할 것 같으니까 과감하게 그만둬 버 렸더니 세상이 내 나이를 낮춰 나를 소설가로 만들어버렸 다. 회사를 못 다닐 것 같아서 무작정 퇴사를 하고, 여행만 다녔는데 돌아갈 즈음이 되어 다시 회사에서 연락이 왔다. 마음의 염증을 털어버리라는 듯이.

라인폭포는 취리히 근교 여행지로 제법 유명하다. 취리히 볼거리를 검색하면 1순위로 나오는 곳이기도 하다. 라인폭포는 유럽에서 가장 큰 폭포라고 한다. 멀리서 콸콸콸 폭포 소리를 듣는데 가슴이 탁 트이는 것 같았다. 쏟아지는 물줄기. 금방이라도 나를 삼켜버릴 것 같은 장관. 한참을 입을 떡 벌리고 폭포를 바라보았다. 엄청난 에너지가 느껴졌다. 멈추는 방법이라는 건 도무지 모르겠다는 듯 쏟아지던 기세.

라인폭포에서 재밌는 에피소드가 있다면, 사진을 찍는데 눈앞에 할머니 할아버지 부부가 있길래 할아버지한테 사진 한 장을 부탁했다. 할아버지가 되게 귀엽게 찍어주셨는데 나도 찍어드리겠다고 하니까 할아버지가 인자하게 웃으면서 괜찮다고 거절을 했고, 그때 할머니가 그 할아버지를 저지하며 나무라는 게 아닌가. '아니, 왜 찍어준다 그러는데 그걸 막는 겨.' 두 사람은 독일에서 여행을 왔다고 했다. 할머니의 약간의 짜증과 다시 포즈를 취하는데 금세 급방 긋해지는 두 사람. 그 밖에도 기차가 지나다니는 철로 옆의 다리 앞에서 찍은 사진들과, 마음이 벅차도록 역동적이었던 폭포의 풍경. 잊지 못할 것 같다.

20. 한국에 돌아가서는 울지 마

처음 오사카행을 택할 때만 하더라도 나에겐 다음이 보이지 않았다. 늘 미래를 계획해 두는 사람이었는데 한꺼번에 모든 걸 잃어버린 것 같았다. 아니 그동안 너무 내가 바보같이 살아온 것 같았다. 될 대로 되라지. 나 이제 내 인생 파업함. 그런 호기로움으로 올라갔던 우메다 공중정원에서 펑펑 우는 것을 시작으로, 모든 여행지마다 엉엉 울었다. 어떤 날에는 경이로움에 감동을 받아 울었고, 어떤 날에는 왜 내게만 운이 주어지지 않을까 하는 생각에 울었고, 또 어떤 날에는 겁이 나서 울기도 했고, 또 어떤 날에는 내가 좋아서, 싫어서 울기도 했다.

유럽행을 택하며 기차와 비행기, 그리고 버스를 돌아가며 이용했다. 장거리인 경우엔 너무 늦은 시간대의 이동을 피하기 위해 비행기를 선택했는데, 가급적이면 네다섯 시에는 숙소에 돌아갈 수 있도록 설계했다. 그런데 마지막 비행인 파리~취리히 구간의 시간이 조금 늦었다. 7시 비행기. 항공사는 두 개 정도 있었는데 당시 스위스항공보다 에어프랑스가 훨씬 저렴했다. 생일 전날이기도 했고, 어차피 공항에서 걸어갈 수 있는 거리에 노보텔을 잡아놓은 터라 괜찮을 거라고 생각했던 것 같다. 그런데 웬걸, 전날 체크인을 하는데 체크인이 되지 않는 거다. 에어프랑스 공식 홈페이지에 접속해 보니 뭔가 오류가 있는지 직접 체크인 카운터로 오라는 게 아닌가. 전날부터 반은 걱정하는 마음으로 일찍이 공항에 도착했다. 그날은 비가 많이 와서 괜히 아끼는 캐리어가 상하는 것 같아 속상했다.

체크인 카운터로 갔는데 대뜸 수하물을 맡겨야 한다는 게 아닌가. 수하물 규격에 맞게 준비를 했다고 하는데도 이미 기내에 공간이 없어 무조건 수하물을 맡겨야 한다고 했다. 이거 막무가내 백드롭이네. 나는 찜찜한 표정으로 수하물을 맡기고는 체크인을 했다. 직원은 친절했다. 그런데 문제는 그 이후부터였다. 분명 출발 약 5시간 전에 도착을 했는데 계속해서 비행기가 지연됐다. 처음엔 괜찮았다. 왜냐면 스위스를 여행하며 갖고 싶었던 키링도 하나 사고, 이래저래 시간을 보내면서 글을 쓰고 있으면 그만이니까. 그런데 탑승구가 다섯 번째 바뀌었을 때 나의 걱정스러운 마음을 아는지 모르는지 눈이 펑펑 내리기 시작했다. 당초 7시 출발 비행기는 8시, 9시, 그리고 11시를 넘겼다. 사람들은 이게 무슨 일이냐며 웅성거렸다. 처음 탑승구가 변경되었을 때 뒤늦게 소식을 들은 옆자리의 승객은 내게 물었다. 오늘 출발할 수 있는 거죠? 나는 고개를 끄덕이면서도 속으로 갸웃했다. 이런 일은 있을 수 있는데 왜 불안한 듯이 웃는 거지?

　세 번 정도 탑승구가 변경되었을 때 많은 사람들이 일정을 변경했고, 어떤 사람들은 뭉쳐서 숙소와 호텔을 모두 제공해 달라고 따지기 시작했다. '아 유 키딩 미?' 그 한마디에 살기가 묻어 있었다. 탑승구엔 직원이 단 한 명이었다. 나야 한국에 돌아가도 당장 급한 일정은 없으니 마음은 느긋했는데 저 승무원, 월급쟁이일 텐데 참 힘들겠다 그런 생각을 속으로 했다. 기다리며 하리보를 줍줍 꺼내 먹고 지쳐 바닥에 널브러져 있는 아이들과 함께 널브러졌다. 내가 간과했던 것은 그것이었다. 파리 공항의 치안이 좋지 않다는 것. 파리 공항은 일정 시간이 되면 공항 자체를 잠가버린다는 것. 내가 예약해 둔 노보텔은 파리 공항에서 전용 열차를 타고 가야 한다는 것.

도착해 짐을 찾고 나니 새벽 2시경이었던가. 비행기에서 내릴 때 직원은 몇 번 카운터로 가면 호텔과 바우처를 받을 수 있다고 했는데 나는 이미 좋은 호텔을 예약해 뒀으니 나와는 상관없는 일이라고 생각하고 귀 기울여 듣지 않았다. 그리고 구글 맵을 키고는 무작정 호텔이 있는 방향으로 걸었다. 문제는 호텔을 갈 수 있는 방법이 없었다는 거다. 한겨울이고, 눈이 펑펑 내리는데 한 번 공항의 야외 문을 열면 다시 들어올 방법이 없었다. 처음엔 몰랐다. 공항에서만 9시간을 넘게 체류하다 이젠 야외에서 오들오들 떨다니. 그러다 어렵게 공항 안으로 들어왔는데 터미널과 터미널 사이에도 보안관들이 지키고 있었고, 무엇보다 공항에는 사람이 별로 없었던 데다 한국과 달리 직원 자체가 별로 없었다. 홈리스가 많았다. 어떻게 호텔로 가야 하지? 생일이라고 가장 좋은 숙소를 잡았는데, 들어가지도 못하고. 곽민주 참 운이 없다. 마음이 얼마나 푹푹 주저앉고 속상했는지 모른다. 그보다 새벽 시간이 되고, 사람들이 별로 없고, 이 시간엔 밖에 나가본 적 단 한 번도 없음. 슬슬 무서워지기 시작했다.

　　　　　　　　서른에는 좋아하는 곳으로 가자

그러다 미화 직원으로 보이는 사람을 발견해 호텔의 위치를 보여주며 혹시 이곳에 가는 방법을 아느냐고 물었다. 구글맵은 5분만 걸으면 된다고 하는데, 도저히 갈 수 있는 방법이 없는 것이다. 직원은 내게 자꾸만 딴소리를 했다. 어느 나라에서 왔느냐, 몇 살이냐부터 그 외에는 기억이 잘 안 난다. 나는 그런 걸 함부로 대답하면 안 될 것 같아서 몸을 홱 돌려 다시 반대 방향으로 걸어가다 문득 서러워져 캐리어를 바닥에 내팽개치며 주저앉아 엉엉 울기 시작했다. (엄청 무거운 짐을 들고 1시간을 헤매었다고 생각해 보라, 공항 체류 시간은 당시 약 12시간이었다) 진짜 너무한 거 아니야. 여행 마지막 날인데, 게다가 스물아홉의 마지막 날인데. 그리고 생일 전날인데. 마음이 꼭 퇴사하던 날 같았다. 너무 피곤했고, 씻고 싶었고, 무섭고, 춥고. 예약한 호텔의 금액은 너무 아깝고!

그렇게 훌쩍이고 있는데 갑자기 뒤에서 '헤이' 하고 누가 부른다. 뒤도 돌아보지 않았다. 나 지금 완전 다크해. 누구도 건들지 마. 두려움과 서러움이 복받쳐 계속해서 울자 다시 한번 내 앞에 선 카트. '헤이, 무슨 문제 있어?' 고개를

드니 웬 할아버지다. 처음엔 경계하기도 했고 무서워서 그 냥 울었다. 그러자 할아버지가 일단 일어나라며 내 캐리어 를 반듯하게 정리해 주고는 묻은 먼지까지 탈탈 털어준다. 주머니에서 휴지도 꺼내서 내민다. 나는 말 대신 꺽꺽이며 그저 바보같이 울었다. 할아버지는 일단 여기 있으면 위험 하다며 자기를 따라오라고 한다. 할아버지는 내게 공항을 나가려면 택시를 타는 방법밖에 없다고 말했다.

"알다시피, 파리는 안전하지 않아. 아까 홈리스들이 너만 바라보고 있는 거 몰랐어? 여기서, 그렇게 약한 모습 보이 면 안 돼. 너는 동양인이고, 여성이고, 너무 작아."

서른에는 좋아하는 곳으로 가자

할아버지는 앉아 있자는 얘기도 없이 새벽 5시까지 무려 3시간을 나와 함께 공항을 걸었다. 계속해서 뱅뱅 도는 것이다. 처음엔 몰랐다. 할아버지는 자기는 여기 공항 지킴이인데 길을 잃은 사람들을 보면 도움이 되고 싶어 취미 삼아 이런 일을 한다고 했다. 나는 그게 더 의심이 갔다. 버스를 타거나 열차를 타면 좋으련만 전부 다 끊김. 공항 밖으로 나가면 들어갈 수 없음. 처음에 할아버지가 내가 묵을 노보텔을 보더니 택시를 추천해 줬는데, 나는 혹시 모를 위험성을 대비해 고개를 도리도리 저었다. '혹시 저 할아버지랑 택시 드라이버랑 한패면 어떡해? 뭘 믿고!' 내가 뻗대고 있자, 할아버지가 너는 지금 피곤해 보이고, 네가 예약한 호텔은 좋은 곳이잖아. 조금이라도 눈을 붙이는 게 좋지 않겠어? 라며 나를 회유했다. 그런데 할아버지가 또 따라올까 봐 그것도 의심되고. 나는 할아버지에게 어차피 몇 시간 뒤면 한국으로 돌아가니 공항에 체류해 있겠다고 했다. 적당히 눈치를 보다 첫차가 오면 잠깐 호텔에 묵을 생각이었다. 할아버지는 그럼 자기를 계속 따라오라고 했다.

할아버지는 70대였는데, 투자자라고 했다. 프랑스인이

고, 고향은 파리인데 딸은 미국에 있고 지금은 은퇴한 지 꽤 됐고, 개인 투자로 재미를 보고 있다고. 그리고 아프리카 여행을 종종 즐긴다고 했다. 아프리카를 즐기는 이유는, 가 보지 않은 곳이어서. 나는 할아버지에게 내가 한국에서 했던 직업과 회사 생활에 대한 이야기를 해주었다. 할아버지. 인터널 폴리틱스라고 알아요? 그리고 나는 입을 비죽이며 불만을 토로했다. 내 말에 할아버지가 걸음을 멈추고 껄껄 웃었다. 여기서도 이게 통한다고? 그런데 민주, 원래 사람은 말을 잘해야 해. 그런 걸 우리는 비즈니스라고 하지. 너 아직, 애구나? 할아버지는 이마의 주름을 비죽 올리고는 내 코를 살짝 때렸다.

　우리 딸은 지금 40대인데, 매거진 에디터였어. 사람을 많이 만나는 일을 했지. 나한테 어찌나 불만을 토로하던지. 아까 너를 카운터 앞에서 처음 봤을 때 내 딸이 생각이 많이 났어. 걔도 너처럼 참다 참다 힘들어지면 다 내팽개치고 아이처럼 엉엉 울었지. 그래서 마음이 많이 아팠어. 그리고 네가 아까 있던 곳은 주로 아프리카행 노선이 있는 곳이야. 여기선 특히나 너같이 표적이 되기 쉬운 애들은 한곳에 앉아 있으면 위험한 무리들이 다가와. 게다가 여긴 아무 의자에 잘못 앉으면 벌레에 물려. 난 그걸로 고생을 많이 했거든. 그래서 우리는 계속 걸어야 했어. 할아버지는 시계를 가리켰다. 잠깐 커피 마실래? 할아버지는 자판기 옆의 의자에 앉아 커피를 한 잔 마셨고, 나는 괜찮다며 고개를 가로로 저었다(실은 그를 계속 경계했다). 그리고 앉아 어느 여행지가 가장 좋았느냐는 질문을 받았고, 또 어디 어디를 가 보았느냐고 이야기를 나누었다. 피렌체에서 왔다고 하니 메디치 가문에 대해, 그리고 이탈리아 역사에 대해 이야기를 주저리주저리 늘어놓는 게 아닌가. 지루했고, 왜 할아버지와 이렇게 붙어 있어야 하는지 이해할 수 없었다. 잠시 의자에 앉아 있는 동안 나는 쏟아지는 졸음을 참았고, 할아버지는 결국 고개를 푹 숙이고 잠들어버렸다. 그사이 잠시 고민했다. 도망칠까? 그렇게 망설이다 어느덧 새벽 5시. 10분 남짓 졸던 할아버지가 눈을 뜨고 내게 물었다. 자, 아직도 공항에 남아 있고 싶어? 지금이라도 늦지 않았어. 호텔에 가려면 택시를 불러줄 수 있어.

 '저는 곧 있으면 비행기를 타러 가서 호텔에 가지 않을

거예요. 돈은 아깝지 않아요.'

내 말에 할아버지가 그럼 항공사가 어떻게 되느냐고 물었다. 그럼 따라와. 할아버지가 다시 카트를 끌었다. 우리는 한국에 대해 이야기를 나누었고, 문학에 대한 이야기도 나누었다. 내가 한국에서 소설을 쓴다고 하자 할아버지는 내 이야기를 듣는 것을 재밌어했다. 그렇게 멈춰 선 곳은 어느 여자 화장실 앞. 할아버지는 이제 다 왔다며 내게 걱정하지 말라고 했다.

돈 워리.

그 말이 끝나기가 무섭게 엘리베이터의 문이 열리면서 사람들의 소음이 들리기 시작한 것이다. 봇물 터지듯 공항 안으로 사람들이 들어왔다. 익숙하게 북적이는 소음들. 첫차가 도착한 것이다. 할아버지는 주머니에서 손수건을 꺼내 이마를 닦았다. 내 이름은 르네 카간이야. 만나서 반가웠어. 이제 너는 선택할 수 있어. 오후 비행기라면 넌 아직 어리니까. 파리 시내를 돌아볼 수도 있겠지. 호텔에 가도 좋아. 네 생일임을 이야기하면서 레이트 체크아웃을 비용 없이 해줄 수 있겠냐고 한번 물어봐. 오늘은 내게 최악이겠지만 파리에도 낭만은 있거든. 네게 파리가 가장 기억에 남는 여행지였으면 좋겠어. 프랑스인들을 너무 나쁘게 보지 마. 어딜 가든 결국 인간들의 사회니까.

할아버지의 말에 나는 눈물을 글썽이다 결국 또다시 닭똥 같은 눈물을 흘렸다. 나중에 정신을 차리고 생각해 보건대 할아버지는 사람들을 돕는 그런 역할을 하는 사람이 아니라, 귀가하려던 중에 나를 발견해 나를 걱정하고, 내가 자기를 이상한 사람이라고 생각할까 봐 도우미라고 거짓말을 한 것이 아닐까. 칠십이 넘은 노인이 나를 지키겠다고 새벽 내내 무거운 짐을 끌고 몇 시간을 공항을 빙빙 걸은 것이다. 할아버지는 이미 내가 자신을 경계하고 있는 걸 눈치채고 있었던 것이다. 그런데 혼자 두면 어리석은 내가 무슨 일을 당할까 싶어 나를 지켜준 것이다. 그리고 할아버지는 내게 말했다.

"민주. 상은 중요한 게 아니야. 네 단어를 좋아해 주는 사람들을 아는 게 중요한 거야. 그들을 지켜. 그들과 함께하면 돼. 심판을 왜 명성에서 찾아? 진짜 심판은 그들인데. 너는 단어를 참 재밌게 쓰는 사람이야."

나는 내가 만든 책의 마지막 권을 르네 할아버지에게 건 넸다. 그리고 최근에 딸과 싸워 대화를 하고 있지 않다는 말에 할아버지에게 암스테르담에서 구입한 아몬드나무 반 다나와 취리히의 린트 박물관에서 구입한 선물용 초콜릿을 건넸다. 나는 5년 안에 성공해서 파리로 돌아오겠다고 했 고, 그때 내가 북토크를 할 행사장으로 그를 초대하겠다고 했다. 그리고 '아몬드나무' 그림에 얽힌 기쁨과 환희를 딸에 게 선물해 달라고 부탁했다. 헤어지기 전 할아버지는 내게 말했다.

"그리고 돌아가서는 제발 울지 마."

그렇게 할아버지와 헤어지고, 나는 공항철도를 타고 정 말 5분 거리의 호텔에 도착. 잠시 눈을 붙이고 도저히 시 내로 나갈 체력은 되지 않아 씻고 바로 공항으로 이동. 정 신이 드니 할아버지가 마지막으로 나를 데려다준 곳은 티 웨이 카운터 앞. 할아버지는 나를 너무 작고 어린 사람으 로 봤던 모양이다. 나중에 이야기를 나누다 배를 쭉 내밀며 "아임 어덜트!" 하고 외치니 배에 찬 힙색을 툭 치며 이거나 잘 간수하라고 껄껄 웃었으니까.

서른에는 좋아하는 곳으로 가자

우연이라는 건, 그리고 운명이라는 건 참 이상한 일이다. 아직도 그날 밤을 생각하면 꼭 마법 같은 꿈을 꾼 것 같다. 내 평생에 그런 일이 또 있을까? 처음엔 최악의 날이라고 생각했는데 돌이켜보면 그날은 내 여행 중에 가장 인상적인 이벤트가 되었으니까.

파리에선 12월 23일일 때, 이미 한국은 12월 24일이 시작되었다. 나의 생일. 우리는 사회생활을 하면서 너무 많은 경우로 결핍을 키운다. 나는 성장을 원하지만 운이 없었던 사람에게 실질적인 방향은 제시하지 못하더라도 마음의 근력을 키워주는 역할을 하고 싶다. 그런 사람이 되고 싶다. 그게 내가 20대를 지내오며 깨닫고, 변화하고 목표하게 된 지금의 방향이니까. 그리고 그것이 지금의 내가 글을 쓰는 이유이고, 나는 앞으로도 그런 목소리를 내는 소설가로 기억되고 싶다.

한 가지 더 꿈이 있다면, 귀엽고 우아한 할머니가 되고 싶다. 귀엽지 않나? 내가 할머니가 되는 일.

한국행. 진짜 한국행. 이제 더 이상 물러나지 않음. 도망

치지 않음. 나를 기다리고 있는 사람들이, 일들이, 시간들이 너무 많았다. 그걸 더 이상 외면하지 않기로 했다.

여행이 진짜 끝났다.

서른에는 좋아하는 곳으로 가자

작가의 말

서른을 앞둔 생일. 많은 것들을 이뤘다고 생각해 오며 자신만만했던 스물아홉을 보냈다. 그런데 그날 나는 내가 어리석고, 실망스러운 사람 같다는 느낌을 동시에 받았다. 나는 여행 중인 나의 모습을 사랑하고 있었던 걸까? 알 수 없었다. 마음이 너무 헛헛해 친구들에게 전화를 걸었다. 한국 시간으로는 밤이 깊어가는 시점. 친구에게 내 마음을 고스란히 털어놓았다.

"나 잘할 수 있을까? 여기서 돌아가도 될까?"

친구는 내 말에 일단 끝까지 여행자의 마음으로 잘 돌아오라고 했다. 그러고 나서 다시 생각하라고. 걱정은 그때부터 하면 되는 거라고. 그 말을 들었을 때 비로소 실감이 났다. 텅 비어버린 통장 잔고. 끊어진 커리어. 흘러가 버린 시간. 그리고 나. 곽민주. 결국 나는 나를 피하고 싶어서 이렇게 많은 여행을 떠났던 것이구나.

　내 생에 다시는 없을 것 같은 여행을 떠난 후로 정확히 1년이 지났다. 지금껏 나는 나를 너무 잘 알고 있다고 생각했기 때문에 내가 해외여행을 갈 거라고는 생각한 적이 없었다. 성장할수록 여행은 나와는 맞지 않다고 생각했기 때문이다. 몇 년 전만 해도 친구들에게 유럽은 죽을 때까지가 보지 못할 것 같다는 말을 하던 나였다.

　오사카에서 다시 인천까지. 꿈만 같던 4개월을 보내고 다시 한국으로 돌아왔다. 국가 간 이동을 할 때 비행기를 이용하기도 했지만 진짜 마지막 비행. 한국으로 돌아간다는 사실이 실감이 잘 나지 않았다. 비행기 안에선 계속해서 잠을 잤다. 꿈을 꿨다. 꿈속에서 나는 무릎 위에 노트북을 올려놓고 타자기를 두드리고 있었다.

　14시간의 비행. 구름을 헤치고 조금씩 한국으로 나아가던 창밖의 풍경. 안전벨트를 꽉 매고 있으라는 안내와 함께 나의 비행은 바다를 건너 이젠 정말 안전하게 착륙 준비 중. 그런 것들은 모두 매뉴얼에 따라, 정해진 규칙이 있지 않던가. 그러니까 내 인생도 앞으로 정해진 범위 내에서 잘 살아가면 되지 않을까 하는 나름의 합리화를 하고 있었다. 운명에 순응할 준비. 세상이 시키는 대로 하기. 그 순간 누군가 내게 충고라도 하듯 들리던 노래 가사가 있다. 그건 절묘하게도 '내 운명을 고르자면'.

그 말을 들음과 동시에 비행기가 완벽히 착륙했다. 인천에 도착했다는 안내음이 울렸다. 많은 승객이 다 내릴 때까지 한동안 멍하니 창밖의 풍경을 바라보았다. 운명은 정해져 있지만 수많은 운명 중에 하나를 선택하는 건 결국 내 몫이라는 걸 그때 깨달은 것이다.

이런 낭만적이고 몽상가적인 경험들을 묻어두고 나는 일상을 잘 살아가고 있다. 한국에 도착하고 이틀 뒤 출근일이 정해졌다. 나는 점차 원래의 일상으로 돌아가기 시작했다. 몇 달 뒤 이직을 하게 되었다. 세끼 밥을 잘 챙겨 먹고, 잠도 잘 자고, 충분한 운동을 한다. 한국에 돌아와서 결정한 것은 사람들을 만나는 일을 더 줄이고, 나와의 시간을 갖는 것에 더 집중하게 되었다는 것이다. 나는 내가 선택한 것들을 잘 이뤄내고 있지만 앞으로도 어제와 같은 좌절과 방랑이 있을 것이고, 그 속에서 스스로 성장했다며 뿌듯해하는 시간도 있을 것이다. 그러다 예기치 못한 상황을 만나는 날도 있겠지. 나는 나의 미래를 가늠하면서도 맹신하지 않는다.

여행을 떠나는 것은 어쩌면 '나'를 떠나는 일인지도 모른다. 내가 속한 세계, 나의 사람들, 나의 익숙하고 예측 가능한 꿈들을 모두 내버려두고 멈추는 일. 나는 나를 떠나서 내가 아닌 시간을 살고 다시 돌아온다.

나를 진심으로 사랑하기 위해선 나를 깨고 망가진 나를 계속 마주해야 하는 거구나. 어느새 여행이 끝났다고 생각했는데, 그게 아니었다. 여행지만 바뀌었을 뿐, 그 수단만 달라졌을 뿐 나는 다시 나로 돌아와 인생을 여행하고 있다. 그리고 이 여행은 누구보다 나다워야 한다는 사실도 깨달았다. 길을 잃기도 하고, 바가지를 쓰기도 하고. 생각지 못하게 좋기도 하고, 때때로 타인에게 힘든 점을 감추기도 해야 하는 그런 여행. 하면 할수록 마음은 복잡해지고, 내 맘

대로 되는 게 없어 성질이 나고, 부질없는 확신에 지도를 잊고 걷다 체력만 낭비하기도 하고. 그렇게 다다른 곳에서 우연히 잊지 못할 풍경을 마주하기도 하는 그런 여행.

좋은 것과 좋지 않은 것, 좋아하는 것과 좋아하지 않는 것. 여행에는 수많은 선택지가 따른다. 나는 아마도 내가 좋아하는 곳을 잘 찾아갈 거다. 나를 여행하는 일은 대단한 무언가를 손에 쥐는 것이 아니라, 그저 나를 쥐어가는 일이라는 걸 이제 알겠다.

책을 준비하면서 얼마간 잊고 있던 꿈같은 이야기를 켜켜이 펼쳐볼 수 있어 행복했다. 이제 다음 이야기를 쓰러 가야지! 다음엔 소설로 인사드리고 싶다. 아마도 그렇게 될 거다. 약속한다.